MURAKAMI
HARUKI

MURAKAMI ASAHIDO

—随笔集—

〔日〕

村上春树 —著

林少华 —译

村上朝日堂 嗨嗬！

| ● MURAKAMI HARUKI ● |

MURAKAMI ASAHIDO HAIHO!

上海译文出版社

MURAKAMI ASAHIDO HAIHO!
by Haruki Murakami
Copyright © 1989 Haruki Murakami
All rights reserved.
Originally published in Japan.
Chinese (in simplified character only) translation rights arranged with
Haruki Murakami，Japan
through THE SAKAI AGENCY and BARDON-CHINESE MEDIA AGENCY.
Illustrations © 1989 ANZAI MIZUMARU JIMUSHO

图字：09－2003－098 号

图书在版编目(CIP)数据

　　村上朝日堂　嗨嗬/(日)村上春树著;林少华译.
—上海：上海译文出版社,2020.5
　　(村上朝日堂系列)
　　ISBN 978－7－5327－8321－2

　　Ⅰ.①村…　Ⅱ.①村…②林…　Ⅲ.①随笔—作品集
—日本—现代　Ⅳ.①I313.65

　　中国版本图书馆 CIP 数据核字(2020)第 043230 号

村上朝日堂　嗨嗬!
[日]村上春树　著　林少华　译
责任编辑/姚东敏　装帧设计/千巨万工作室

上海译文出版社有限公司出版、发行
网址:www. yiwen. com. cn
200001 上海福建中路 193 号
上海信老印刷厂印刷

开本 890×1240　1/32　印张 5.5　插页 2　字数 60,000
2020 年 7 月第 1 版　2020 年 7 月第 1 次印刷
印数:00,001—10,000 册

ISBN 978－7－5327－8321－2/I·5101
定价:35.00 元

目录

译者短语

中国是老大文明古国，尤以文学业绩独步古今顾盼自雄，因此对于境外鼓捣文学的人一般瞧不上眼，对日本的就更不用说了。不料近年来风风火火闯进个村上春树，名声之大甚至超过了丰田车索尼松下电器，不少国人因此得知原来日本也有文学。其中颇耐人寻味的是，村上是在不出头不声张不炒作的情况下声名鹊起的。"千呼万唤始出来，犹抱琵琶半遮面"就足以让人等得心焦的了，而村上有过之而无不及，千呼万唤也不出来。这次在日本会面时我还问他何时安排中国之行，他又说怕见生人又说怕吃请怕媒体怕大庭广众（就差没明说怕吃"中华料理"），反正意思是说难以成行，最积极的表示无非说了句"由于中国有那么多读者，去还是想去一次的"。

不过平心而论，我们不能指责村上君不给咱们面子，因为他对自己的同胞们也是同样。出道三十年来拒绝出镜拒绝登台拒绝签名售书，宁愿独自歪在自家檐廊里逗猫玩。用他自己的话说，保持"匿名性"比什么都要紧。而这样一来，人们就只能通过看他的随笔这一个渠道来了解"村上这个人"。而村上的随笔中也的确有"村上这个人"。当然，随笔是最为个人化的写作，很多时候没有"个人"也就无所谓随笔。只是村上写得更细致入微更直言不讳，可谓吃喝拉撒睡无所不有。他自己也以自嘲的口吻说过："看这些文章的时候，如果你为所在皆是的百无聊赖感到吃惊，思忖这家伙怕是傻瓜，那么就请好意地解释为这不过是村上这个人的派生性一面好了。"

可以说，个人性是村上随笔的最大特色，在随笔中他根本没抱什么琵琶遮什么面。例如他在《贫穷去了哪里？》一文中这样坦言自己过去穷到什么地步："不是我瞎说，过去我相当穷来着。刚结婚的时候，我们在家徒四壁的房间里大气也不敢出地活着。连火炉也没有，寒冷的夜晚抱着猫取暖。猫也冷，紧紧贴在人身上不动——颇有些同舟共济的意味。走在街上即使喉咙干渴也没进过什么酒吧茶馆……实在穷得无法可想了，就和老婆深更半夜上街闷头走路。一次捡过三张万元钞票，尽管心里有愧，但还是没交给警察，用来还债了。"又如"我的梦是拥有双胞胎女朋友。

即双胞胎女孩双双等价地是我的女朋友——这是我做了十年的梦"(《村上春树又酷又野的白日梦》)。怪不得村上小说里时常出现双胞胎208和209。在《1973年的弹子球》里"我"甚至睡在这对双胞胎中间,同两人在床上嬉戏。在另一本随笔中我们大体印证了绿子和他太太的关系,而这本随笔又让我们相当真切地窥见了村上君至少长达十年之久的梦中情人。不愧是村上春树,其梦中情人真个既野且酷不同凡响,咱们中国男人断不敢如此痴心妄想肆无忌惮。恋爱成本高固然令人望而却步,但主要还是想象力问题。在某种意义上,想象力就是一切,尤其对男人来说。

总之,在随笔中村上春树绝对不搞什么"犹抱琵琶半遮面",敢于裸露自己,敢于家丑外扬——这种个人性或者说私人性既是其随笔的一大特色,又是可圈可点的魅力所在。

书名中的"嗨嗬"是迪士尼电影《白雪公主与七个小矮人》中的插曲。如村上自己在后记中所说,书中随笔写于一九八三年至一九八八年即作者三十四至三十九岁之间,从中亦可窥知村上在创作和翻译两方面长驱直进的轨迹和所谓"村上流新个人主义"。

林少华

二〇〇三年暮春时节

于东京

白子小姐和黑子小姐去了哪里

近来无缘无故忽然间注意到时，原来有白子小姐和黑子小姐出现的化妆品动画广告全然不见了。一个三十几岁年轻太太模样的女子和一个二十几岁的女孩，两人的肤色轮流变黑变白："哎哟怎么回事呀，白子小姐？最近怎么皮肤这么白？""唔，实话跟你说，我用了 ××。"——便是这样的场景。始终同一模式。可记得？我相当中意那个广告来着。果真没有了，未免有些遗憾。两人交替一忽儿变白一忽儿变黑的镜头蛮有意思，看的时候我总担心那么频繁地对换角色，没准有时会出错，致使双双变黑或齐齐变白，然而一次错也没出过，总是一人黑一人白，或一人白一人黑。

那个广告究竟什么时候不见的呢？问周围的人，谁都不知道，无非是不知不觉之间"那么说来"似的消失罢了。感觉上就像在说"是啊那么说来最近是没见到啊"。

想必是因为白肤色美人如今不怎么受宠了，广告很难做下去。白子小姐○、黑子小姐×这种单纯的两极构图已经行不通了，于是广告本身的基础也不复存在。假如黑子小姐和白子小姐一个说"这是在圣莫里斯[1]滑雪晒黑的"而另一个应道"那很好嘛去了多长时间"，那么作为广告可就无法收场了。假如再冒出小麦子小姐什么的来，到底孰是孰非会愈发令人摸不着头脑。往日倒是简单好办。

况且说起这白子小姐和黑子小姐来，近来总好像带有脱衣舞厅招牌女郎味道——"黑白冲顶表演，黑子五花大绑，白子浑身扭动"。可能的话，很想以黛安娜·罗斯[2]和奥利维亚·哈塞[3]搭档演出的形式欣赏一番，但怕是没有希望。

接着说广告。这白子小姐和黑子小姐系列固然不坏，不过再往前些的养命酒广告也蛮好的。这是有八九个镜头的动画片，主人公

---

1 瑞士的滑雪胜地。

2 美国黑人女歌手（1944—　）。

3 美国女演员，曾主演电影《罗密欧与朱丽叶》等。

叫一郎君，一听就是个乖得不能再乖的小学生。一郎君的母亲体弱多病，常常卧床不起，所以一郎君上学也好像没什么精神。

一个叫进君（这名字听上去也很和善）的同学得知后告诉一郎君："我妈妈身体也不好来着，但喝了养命酒后最近可精神了！"一郎君回家告诉母亲。母亲发生了兴趣："那么我也试着喝一下好了！"喝了果然精神百倍（因是广告，笃定精神百倍）。最后的镜头是一郎君全家在奥多摩[1]一带登山的情景，母亲健康得判若两人，面部也异常年轻。父亲大概因为精神作用，也是一副喜不自胜的样子。全都托养命酒的福。不坏！

这个广告的构思同"白子小姐黑子小姐"大同小异。就是说，因具有特定知识面而获得救助的 A 向因不具有该知识而遭受痛苦的 B 出谋献策，将其提升到自己所处的位置。可是 A 决不因此对 B 怀有"我拉了你一把"的施恩图报念头，那是无偿的好意和帮助。A 仅仅提示了 B 应该处于的状态，而且仅仅为 B 置身于与自己同样的境地而无条件地满心欢喜。

---

1 日本东京附近的地名。

　　我想这终究是令人钦佩的。白子小姐毕竟也是一般人，有可能骨子里其实瞧不起黑子小姐（"哼，什么呀，什么都不知道"），但她到底没使坏心眼，而是将切实有效的信息提供给了黑子小姐，对方因此而解除了烦恼，白子小姐为自己不应有的念头——尽管稍纵即逝——而暗暗羞愧，或许。

　　也许你说这不真实。是啊，也许真的不真实。一句话，此乃曾几何时的战后民主主义理想世界，亦即：那里是存在应有状态的，只要努力人人可达。

　　当然，在那个世界里也不是人人平等的。或许白子小姐比黑子小姐、进君比一郎君先行一步。万人平等的世界是不存在的，这点不言而喻。但不管怎样，白子小姐也好进君也好，都有停下来伸手拉后面的人一把的心情。

　　我不是说过去好、现在不好。世道没那么单纯。我只是觉得那个时代的某个地方的确好像有那样的温情。当然没有的地方自然没有，但有的地方是有的。正因如此，白子小姐才不断帮助黑子小姐，进君才不断帮助一郎君，而且这种温情在相当长的时间里作为同一模式的系列广告发挥着作用。

　　我想其中的确有一种精神上的余裕，或者其中有类似游戏或精神备用空间那样的因素。这是因为，"理想世界是存在的"——即使现在不存在，也不至于永远消失——那样的信念曾经作为共同的幻想在人们中间存在过。在那个世界上，虽说程度多少不同，但大家无不朝气蓬勃，女人个个肌肤白嫩，奥多摩天天风和日丽。

　　然而无须说，如今幻想消失了，社会的发展速度将其整个吞入了腹中。幻想本身彻底沦为商品，成了时下投资的新领域（frontier），而不再是免费平等地发给每一个人的单纯之物。它已变得多种多样，修炼成精，成为包装得漂漂亮亮的商品。在这样的世界里，白子小姐们也许再也搞不清善为何物了，进君也有可能暗下决心"不再多管闲事"。

　　白子小姐和黑子小姐去了哪里呢？这是本文的主题。

　　大概哪里也去不成吧。

倒霉的摩羯座

我是一月十二日出生的，以星座来说是摩羯座。血型为 A 型。

老婆是十月三日出生，为天秤座。从占星学角度说，摩羯座和天秤座的结合似乎不太对脾性。简而言之，摩羯座脚踏大地，孜孜矻矻劳作，认认真真生活；而天秤座则飞来飞去华而不实，轻颠颠飘乎乎的。从摩羯座看来：什么呀，那能干成什么呢。反过来在天秤座眼里：哼，死脑瓜子不开窍！二者没办法和平共处。一次心血来潮，把我和老婆的生日告诉了名古屋一个有名的占星师问个究竟。那时也被告知："啊，这可非同儿戏！摩羯座对天秤座本来就不合拍，而您二位的情况在那里边也算是糟糕的。不行啊，再糟不过了，别心存侥幸啦！"

可打那以来已经过去了很多年月，而我俩依然朝夕相处。

时不时对老婆生气冒火，认为她实在太过分了。岂有此理！一塌糊涂！不过依占星师的说法，事态还不止这个程度，应该还要严重。所以我一直抱着这样一个念头：一定要弄个水落石出，看到底严重到什么程度。在这样的念头下生活未尝不可以说是极有滋味的，总以为事情不止于此，应该还有底牌。有时甚至忽然觉得如此想法大约是保证婚姻幸福的关键。我倒不想硬向别人推销，总之这也算是一种活法。

本来我这人对占卜没有兴趣，星座也罢血型也罢天中杀[1]也罢，那东西怎么都无所谓。并不是说压根儿不信，也不是说瞧不起相信的人，单单上不来兴趣罢了。心想世间有那种东西也未尝不好，但自己不愿意主动掺和进去。比如说，即便算卦说我"今年好事一桩也没有，唯有穷困潦倒"，作为我也丝毫不会介意。毕竟没有兴趣，无非"噢"一声了事。就经验来说，那样的卦有算中的，也有没算中的，所以不必一一放在心上。只要认真做好该做的事，一般总不

1 占卜用语。天时不利、起事即灭的时期。

至于有糟糕事发生。

　　但也有例外。我唯独对"摩羯座和天秤座的结合必无开心事"这一占星学之说笃信不疑，因为现实中已全部印证。不知何故，我身边摩羯座和天秤座组成的恋人多得不得了。因为我已深知它会带来怎样的灾难，所以每当这样的组合即将形成时，我都要悄声告诫："没有开心事的，分手为好。"但那时对方正昏头昏脑，自然没什么效果，终归都结了婚，一如嘲笑诺亚的劝告而被洪水淹死的蠢人们。不过人世大约就是这么一种东西，灾难实际是怎么个玩意儿，不落到自己头上是理解不来的。

这些人婚后过了一年光景，必定来我身旁嘟嘟囔囔抱怨不止。来的基本是摩羯座（又不知何故，我身边大多是女方为摩羯座而男方为天秤座）。抱怨什么呢？大都千篇一律。总而言之就是"眼下的生活我绝对吃亏"。具体举例说来：（1）丈夫深夜方归，而我若不爬起准备饭菜就发脾气；（2）我节衣缩食存一点钱，而丈夫随意花个精光；（3）两人都工作，而家务只我一人干；（4）总让找陪他去做我不感兴趣的事，不陪就恼火；（5）然而对我感兴趣的事绝对视而不见；（6）能言善辩，争辩起来总遭其抢白；（7）一不高兴，几天都不理不睬；（8）我稍不高兴，他就更不高兴，只我单方面小心奉陪，活活一个傻瓜。此外还有很多很多，姑且到此为止吧。如此罗列起来，我的心情都渐渐黯淡下去了。

这种时候我先表示一下同情，之后说道："可我一开始不就跟你讲了么？"人世间并未宽大到同天秤座结婚的摩羯座之人也可以欢天喜地，我将这种天秤座和摩羯座的结合称为"Capricorn[1]·倒霉的摩羯座"。说法怎么都无所谓，不过是对那首《野兔子》中"闪闪发光的星座·Aquarius[2]"的模仿。歌词是这样的：

夜空中闪闪发光

这个可怜的星座

即使远走天涯海角

烦恼也依然相随

这就是命运，算了吧

Capricorn ……

总之唱这首歌是为了让对方丢掉幻想。但歌倒的确是哀婉动人。

不过如此针锋相对的摩羯座和天秤座的婚姻生活未必因此分崩离析。尽管事态长年累月都没有改善的迹象，但还是一边嘟嘟囔囔

1　摩羯座。

2　水瓶座。

一边一起过日子。这大概是因为摩羯座生来就不断倒霉，早已习惯了，或者天秤座能在关键时刻玩弄平衡亦未可知。

话再回到摩羯座 A 型血上面来。我总觉得世间恐怕再没有比摩羯座 A 型血更受气的了。无论怎么卜算，运气都绝对不怎么样：什么"要一如既往认认真真本本分分"啦，什么"不可造次行事欲速则不达"啦，什么"装腔作势会引火烧身"啦，什么"小心下半身着凉"啦，清一色是这等乌七八糟的东西。偶尔卜签上出现一句"不要瞻前顾后只管堕入爱河"或"毅然决然献身于艺术事业"也未尝不可嘛！我只能认为占星专栏作家是以说摩羯座 A 型血的坏话为唯一乐趣。

跟同是摩羯座 A 型血的人聊起来（不知何故，我身边不乏同类），他们无不连连称是，全都为身为摩羯座 A 型血而彻底无奈和绝望。我也很想轻轻松松对女孩说上一句：我是天蝎座，和我交往弄不好会挨蜇的哟！若这个不成，水瓶座也可以。再不成，狮子座也凑合。哪个都强似摩羯座 A 型。

我做过一项调查，调查给人印象欠佳的摩羯座出身的名人是否比其他星座的少。我翻阅美国的名人录，整整花了一天时间一个个星座查看，按星座分别列表。从结论上说，没有哪个星座特别多或特别少，平均相差无几。看来被认为不适合搞艺术的我等摩羯座也非等闲之辈。大卫·鲍伊、黛安·基顿[1]、加里·格兰特[2]以及唐娜·莎曼都是摩羯座。

摩羯座诸君，一起努力好了，迟早该有好事发生的。

1　美国电影演员（1946—　）。
2　美国电影演员（1904—1986）。

青春心境的终结

青春完结了。

这个开头吓你一跳吧？我也吓一跳。但终归完结了，奈何不得。差不多四十了，稍一放松锻炼，侧腹就松弛得多少令人担忧。牙也刷得比过去仔细多了。同年轻女孩喝酒时必须一再注意说话别带有说教味儿。我那曾几何时的偶像吉姆·莫里森早已呜呼哀哉，布赖恩·威尔逊也由于可卡因中毒而臃肿不堪。同代或接近同代的女朋友都已结婚，多数有了孩子，再没人肯跟我耍了。而同年轻女孩交谈起来，共同话题又很有限，往往说了上句没下句。是的，中年了，情愿也罢不情愿也罢。

时下肚皮尚未凸出，体重也同大学时代相差无几，头发也幸好还蓬蓬勃勃。唯一强项就是健康，从不闹病。尽管如此，岁月这劳什子还是要带走它应带走的部分。理所当然。正因如此，岁月才成其为岁月。倘若岁月不再发挥其作为岁月的功能，宇宙秩序势必大乱。所以我并不认为这有什么难以忍受的，至少现阶段不觉得。我以为这样未尝不好，何况也别无选择。

如果有人提议让我退回到二十岁，我第一个反应是怕麻烦——当时倒也乐在其中来着——觉得一次足矣。我懒得那么回顾过去。有过去，才有现在的我。但现有的我是现在的我，不是过去的我。我只能同现在的我友好相处。

至于青春何时完结，则基准因人而异。有人是不知不觉之间拖拖拉拉完结的，也有人则大概明确把握到了完结的时间临界点。

日前见到一位过去的朋友，交谈时他突然说："最近我切切实实感到自己的青春完结了！"

"这话怎么讲？"

"跟你说，我不是有个男孩么？倒是才六岁。看见这孩子时，我时不时这么想：这小家伙要长大，要碰上很多女孩，要恋爱，要困觉，名堂多着哩！可我再遇不上了。以前有过，但往后没有了。

说起来荒唐，总之就是嫉妒，嫉妒儿子将来的人生！"

"现在恋上谁也可以的嘛！"我试着说。

"不成啊！没那个精力了。就算有精力，那样的心情也一去不复返了。"他说，"我所说的青春完结就是这个意思。就是说……"

"就是通过嫉妒儿子得知青春完结了？"

"正是。"

就我来说，感觉青春已逝是三十那年。至今仍清楚记得当时一件事，我可以细致入微地描绘下来。我在麻布一家考究的餐馆同一位美貌女子一起吃饭。不过并非两人单独，我们一共四个人，而且是商量工作。浪漫气氛丝毫没有，连那天同她见面都是初次。

看她第一眼时我就惊呆了：她同我过去认识的女孩竟然一模一样！脸一模一样，气质一模一样，连笑法也一模一样。过去我恋着那个女孩，已经发展到了相当可以的地步，后来这个那个闹起别扭，分了手再没见到。不知她现在如何。

这个女子同她的确一般模样。喝葡萄酒、吃薄饼、喝汤的时间里，心里总是怦怦跳个不停，恍若往日时光重新降临。尽管这也解决不了什么，但这光景的确挺妙，不坏！一种模拟体验，一如游戏。

　　一边吃饭一边谈工作细节，我不时一闪觑她一眼，以便再次确认她说话的方式和吃色拉的样子。越看越觉得她像我过去的女友。简直像极了，像得我心里作痛。只是由于年纪的关系，眼前这位要优雅得多，无论衣着、化妆还是发型、举止都优雅得体。那女孩大一些想必也会这样。

　　吃罢饭，上来甜食，开始喝咖啡。工作也大体谈完了。往后很难再见到她了。也不特别想见。就算再像，不用说也同我往日的女友是两个人。这仅仅是一种模拟体验，一个幻觉罢了。能同她一起就餐诚然开心惬意，但毕竟是两回事。事情是不可以一再重复的。偶然相遇，倏然消失，如此而已。

　　这点我十分清楚。我都三十了，这点儿事理早已知晓。可与此同时我又不想就这样一走了之。"嗳，你长得和我过去认识的一个女孩一模一样，一样得让人吃惊。"我最后这么说道。不能不说，然而那是不该说的。刚出口我就后悔了。

　　她微微一笑。笑得极其完美，无懈可击。并且这样应道："男人么，总喜欢这样说话。说法倒是蛮别致的。"简直像是哪部电影里的台词。

　　我很想说不是那样的，不是什么说法别致，不是想对你甜言蜜语，你的的确确同那个女孩一模一样。但我没说。说什么我想都没用。无可奈何。于是我沉默不语。沉默之间，转到了其他话题。

我并不是对她说的感到恼火或心里不快，只是无奈而已。我甚至能理解她的心情。想必她以前也已给人这么说过多次。长得妩媚动人，难免遇上种种麻烦和不快。妩媚动人的女子往往遭遇不快场面这点我也能够理解了，所以完全没有因此责怪她的念头。但就在那时、就在麻布这家考究的餐馆的桌旁，我身上有什么失却了、损毁了，毫无疑问。迄今为止我始终予以信赖的某种不设防性——毫无保留事项的全方位不设防性那样的东西，因了她这句话而一下子毁掉了、消失了。说来不可思议，即使在相当艰难的日子里，我也一再小心地守护着它，不让它受损。至于为什么小心守护，解释起来很难。当然我是喜欢那个女孩的，但事情毕竟已经过去。所以就是说我始终小心守护的，准确说米个是她，而是关于她的记忆，是我附属于她的某种心境。唯独某一时期的某种状况才能赋予的某种心境——是这心境消失得利利索索，因了她短短一句话，在那一瞬之间。

与此同时，大约不妨以青春称之的模模糊糊的心境也已终结了。这我觉察得出。我站在不同于过去的世界里，并且这样想道：事物的终结为什么如此轻而易举、如此微不足道呢？毕竟她出口的不是什么石破天惊之语。那分明是没有任何罪过的无足轻重的交谈，甚至可以当作玩笑。

假如她知道自己的一句话在结果上拉上了我的青春帷幕，我想她一定吃惊不小。当然，事到如今，由何人于何时拉上帷幕，作为我的确是无所谓的了。

时过境迁了。

千叶县的出租车司机

以前在千叶县住了三年。去千叶事出有因，离开千叶事出有因。哪个地方都一样，有趣的事有许许多多，不快的事也有许许多多。不过终究是很久以前的事了，有趣也好不快也好都忘得差不多了。搬家的好处就在这里，可以忘掉许多事。若总在一个地方住，想忘也忘不掉的事便会一件件多起来。

反正，这是个住在千叶时的故事。

我家距离津田沼站乘出租车大约要一千二百日元。按理可以换乘私营铁路或坐巴士，但这相当麻烦，所以基本搭出租车。

有事来家找我的编辑也都搭出租车，临走也叫了出租车回去。

"喂，村上君，刚才在出租车上我想来着——这一带的出租车

司机，同东京出租车司机的长相完全不一样。"一个编辑对我感叹，

"怎么说呢，这一带的出租车司机，整个儿一副乡下出租车司机模

样。"对方如此一说，我也觉得怕是那样。不曾仔细看过出租车司

机的五官，断定自然不敢，不过总的说来，感觉上像是"明治的卡

尔[1]"广告中出现的人占多数。

再去东京时我注意看了出租车司机的长相，返回千叶时再看千

叶出租车司机加以比较，果然有所不同。无论长相还是态度抑或说

话方式，千叶的都绝对悠然自得，有一种"明治的卡尔"意味。

如今津田沼已完全归入"东京通勤圈"，而出租车司机长相——仅

就长相来说——竟如此大不相同，着实令人感叹。

为什么长相有如此区别呢？反复思索之下，我觉得大概首先是

因为当地出租车公司的司机大多是千叶人。千叶本来是农村地区，因

此长相也好举止也好在结果上无论如何都带有"明治的卡尔"意味。

而东京在这点上因是国都，长相自然也"多民族性"，各种倾向得以

均化，作为出租车行业,性质也难免带有集约化色彩。再说同东京相比，

1　日本明治糕点制造厂生产的糕点包装纸上的老头儿形象。俗称"卡尔老伯"。

在千叶当司机不管怎么说都没那么大心理压力，神经不必绷得紧紧的，相对说来悠闲一些，所以面部自然显得悠然自得。总之就是说，第二个原因加强、助长了第一个原因。再往乡下去，这种倾向就更加明显，不过在津田沼一带已经足可领略这样的气氛了。

以我的经验说，千叶的出租车司机要比东京司机喜欢跟客人搭话，搭话的人比不搭话的人多。我一般不大擅长同第一次见面的人交谈，但有一个例外，就是不讨厌同司机说话。因为一来反正一下车关系即告终止这点叫人轻松，二来出租车司机说话大多很有意思，他们熟知的事情委实五花八门。

"喏，道口前面不是有一座长着一棵松树的大房子么？那是这一带地主的房子。那户人家的儿子七年前杀了一个女的，扔到馆山的海里去了。"如此这般，地区性情况无所不知。这里的司机很少像东京的司机那样到处迁来移去，几乎所有人都一直在此工作，自然对本地情况了如指掌。

一次在我家附近新建成的蛮够漂亮的商品住宅区行驶时，司机突然说道："跟您说，来大地震这里的房子统统报销！"遂问其故，他说这个地段地下水多，地基松软，本地人一直放着不动，不料几年前由土地开发商整个买下来，建成商品房卖了出去。"买的人不知底细，可怜啊！"他说。是真是假当然无从确认，不过很可能真有其事。果真那样，事情够可怕的。看来往后计划买地的人最好是乘坐本地出租车搜集情报，不然稀里糊涂买了有说道的房子或地皮，地震来时全部倒塌或者每晚有浑身是血的女鬼在走廊上走来走去，这无论如何都非同小可。

还有一个司机告诉我他拉过一个杀人犯。虽说是杀人犯，但并非杀人后的杀人犯，而是杀人前的杀人犯，所以搭出租车那时候他是个背负着即将成为杀人犯之命运的普通人（解释起来很麻烦）。司机用车拉了那个尚未成为杀人犯的"普通人"，一直没忘那人的长相，几个月后在电视上看到了他。"啊，一下子就认出这家伙是那时坐车的客人，看电视的时候。"

"可你一天要拉百八十个客人吧？"我问，"其中一个人的长相能记好几个月？是当时有什么特殊事情吧？"

"哪里，根本谈不上有什么特殊事情。人长得普普通通，随便哪里都能见到，而且几乎没开口。可偏偏记得清清楚楚，不可思议啊！其他客人的长相倒不可能一一记住。莫名其妙，怎么回事呢？"

我觉得他很不简单，大概是职业性直觉所使然。也可能纯属错觉，或者是相像的另一个人也未可知。

"有那种给人留下印象的长相？"我问。

"嗯，是啊，有的吧。"

"那，怎么样，我这长相可能记得？"出于慎重，我问了一句。

司机在车内镜里一闪觑了一眼我的脸。"啊——，不成，马上忘掉。所以您是干不了那种坏事的，或许好事您也做不了。"他即刻回答。

不知该欢喜还是该悲哀，相当不好判断。

另外，这个那个地想知道客人底细也是千叶出租车司机的一个毛病。总之喜欢寻根问底。"先生，您做什么买卖？"常有司机这么问。那时我虽已三十五了，但由于住在大学正门附近，常被错当成学生，当然也同我总是穿夹克、运动衫有关。寒假期间乘出租车，时不时有司机问："喂，正月不回老家？父母不寂寞？"千叶的司机里边有很多人比较看重正月和盂兰盆节之类。我嫌解释起来麻烦，就说："不啦，工作忙回不去。"于是便得到了真诚的同情："噢，是吗，学习也够累人的了。"在东京则很少有这样的事。

跟老婆讲起的时候，她说："哎哟，那还不好，说明你看起来年轻嘛！我近来倒是被错当成大学老师呢。"即使在同一地方上出租车，对我和老婆的认识上也有这么大的差别。

一个来我家取稿的年轻编辑被错看成酒吧里的女招待。她非常时髦，来的时候身穿考究的黑色连衣裙，结果就因为这点而被当成了酒吧女招待。看来来千叶的时候，出门前要好好盘算穿什么衣服合适。"说到底，酒吧女招待怎么会大白天在千叶搭出租车呢？"她大为惊讶。不过说的的确有道理。她这人也是可怜，在回程的出租车上也给人谆谆开导了一番："你就那么不愿意嫁到农家来？讨厌农业？城市就那么好？""我不想到府上去了！"她哭着打来了电话。说有地方特色也真够有地方特色了。

对了，千叶的出租车司机把迪士尼乐园说成迪士。不知听了多少次他们在无线电话里讲什么"在去迪士路上吗"或"这就去迪士"云云。于是我以为千叶有个奇妙的地名叫迪士。一天忽然想起问了一句，对方抢白说："您不知道？说迪士当然是指'迪士尼乐园'嘛！"这种坦率的激进主义怕也是东京出租车行业很难见到的名堂之一。

钱德勒方式

很久以前在一本书中看到一篇雷蒙德·钱德勒[1]谈小说写作技巧的文章。当时内容记得很确切，但后来几乎忘光了，毕竟时间过去了很久。因觉得内容十分有趣，很想再读一遍，却无论如何也想不起出处。常有这样的事。尽管记忆中觉得好，而怎么个好法却想不出。

不过那篇文章中有一点至今仍记得。当然　，这点也仅仅限于记忆，细节是否准确则无把握，错了请多包涵。但既然我有那样的记忆，且有那样记忆的我存在于世，那么记忆自然也就好端端存在

1　美国硬汉派推理小说作家（1888—1959）。

了。这是由不得自己的。

不管怎样，我姑且称它为钱德勒方式。

首先要选个好的写字台，钱德勒说，要选定适合自己写文章的写字台。台面上稿纸（美国没有稿纸，不过类似的东西是有的）、自来水笔和资料等要一应俱全。摆得整整齐齐固然没有必要，但必须保持可以随时投入工作的状态。

其次，每天要坐在台前度过一定的——例如两个小时——时间。倘这两个小时能挥笔写出文章，自然无任何问题；但不可能那么顺利，一行也写不出的日子也是有的。有时候想写却死活写不出而索性放去一边，又有时候压根儿没心思写，还有时候直觉告诉你今天最好什么都别写（尽管极少出现）——那种时候如何是好呢？

钱德勒告诉我们：纵然一行写不出，也务必坐在写字台前，反正要在写字台前度过两个小时！

那时间里用不着握笔作出写文章的努力。老老实实发呆即可。其他事也不要做，不要看书、翻杂志、听音乐、画画、逗猫玩或跟谁说话。必须静静保持想写即写那样的姿态。即便什么也没写，注意力也要和写时一样集中。

这样，就算那时彻底卡壳，也迟早会时来运转，又能写出东西。心焦气躁轻举妄动是什么也得不到的。这就是钱德勒的模式（method）。

我比较中意这一想法。作为姿态无可挑剔。而不大喜欢——当然这是我个人好恶问题——像欧内斯特·海明威那样每次发生战争都或飞到外国，或爬到非洲山上，或在加勒比海边钓大旗鱼来获取小说素材。那样子同电视上的"××专题报道"的构思有什么根本区别呢！那样写东西，势必变本加厉地求助于素材。

相比之下，"就那样乖乖地在写字台前待两个小时，转机总会出现"这一方式作为思想也够地道。不花钱，不费事，不给别人添麻烦。尤其不依赖外部条件这点委实孤高得可取。

我原本就喜欢发呆。写小说时大体采取这种钱德勒方式。总之每天坐在写字台前，写得出也好写不出也好，反正在写字台前发呆两个钟头。

发呆这东西说简单就简单，说麻烦也够麻烦，的确需要某种诀窍。倒也算不上是"哈欠指南"，反正大致写一下自己的发呆方法。首先双手托腮，用两拇指顶住下巴底端，小指按住眼角。然后放松脖颈，微妙地错开双目焦点。幸好我右眼视力为 0.08，左眼 0.5，所以不必刻意努力，只要放松脖颈，焦点自然错开，视野一片模糊。

时而突然想起似的略微换个姿势，但基本以此状态度过一定的时间。我的写字台前有窗，窗对面有一千坪[1]左右广阔的空地，本来是医院建筑用地，但建筑许可证下不来，就那样扔着不管了，于是芒草和一枝黄花[2]在那里展开激烈的竞争。这么着，我大多时候以空漠的视线似看非看地看着随风摇曳的芒草和一枝黄花。

如此时间久了，觉得脑浆就像做薄饼的面团一样凝聚起来。总有这样的错觉。面团没有搅拌均匀，以致烙出的饼整张疙疙瘩瘩的——便是这样的面团。头往后一歪，那疙疙瘩瘩的脑浆便咕噜噜向后脑勺移动，而向前低头时又同样咕噜噜涌来脑门。因为有趣，我反复做了好几次。

窗外，一枝黄花和芒草不断随风摇曳。狗来了，又离去。飞机飞来。现在是一九八三年的春天，我三十四岁。我坐在写字台前久久发呆，心想也许不久我又会写出什么。此刻则什么也不想写，什么缘故却是不知。

1　日本土地面积单位。每坪约合 3.3 平方米。

2　一种菊科植物。

日本长期信用银行的文化冲击

尽管数量极其有限，但是银行女职员由身着制服改为自由着装，夸张一点儿说，对于日本长期信用银行的男职员乃是一种文化冲击：原来的所有"女孩"，现在看来彻底成了作为竞争对手的"同事"。（1985 年 12 月 9 日《朝日新闻》）

上面这类文章，我个人是不大喜欢的——尽管只引用全文的一小部分就加以评论是有失公正的，这点我也完全清楚——情况诚然概括得头头是道，却因过于简明扼要，致使文章多少缺乏信赖感。读起来令人生出疑问：果真那样吗？

譬如说，难道日本长期信用银行的男职员全都对女职员由身着制服改为自由着装发出感叹"啊，这可是文化冲击呀"不成？我看不至于。其中想必也有人认为由制服而自由着装并没什么大不了的。甚至有一两个人说道："哦？自由着装了？三天前？没注意到啊！"我没在公司工作过，自是不敢如此断言。不过我觉得大凡人集中的地方必有个别，这点无论银行还是文坛恐都大同小异。所谓集体即是这么一种东西。不可能所有人想法都一样，感觉都一样。有人为女孩子自由着装而快快不快，也有人觉得可爱至极，将这些统统表述为"对于日本长期信用银行的男职员乃是一种文化冲击"，未免有些武断。我看了这篇文章心里就大为疑惑。而"女孩"变质为"同事"这样的说法就更是自以为是了，当然如此感觉的人大概是有的，可我无论如何也不认为是全体一致得出这样明快的结论。世界没那么单纯。

估计这位记者就"对女职员自由着装做何感想"这点问了几个男职员。或许有人回答"怎么说呢，说不好，不过也不坏吧"，也可能有人答道"那玩意儿怎么都无所谓，我很忙，一一考虑不来"。可是这类回答很难成为报道。好在其中有人回答"这的确是文化冲击，以前是'女孩'来着，这回看上去都成了'同事'"。世上有些人就是擅长下结论。记者心想这个足以写成报道，于是便有了开头那段文章，好像日本长期信用银行的全体男职员一律这样认为似的。

如此武断的做法也不限于报纸的报道，在某种"nonfiction[1]"文章中也屡见不鲜。例如这篇报道一开始就以"nonfiction"风格这样写道：

"秋天即将过去，穿街而过的风也让人明显感觉出寒意了。就在这一时节的一天早上，日本长期信用银行的男职员们目睹眼前的光景，不由产生了文化冲击之感。对于在贷款科工作的河合也是一样。河合心想到底怎么回事呢？"

便是这个样子。

这样的文章绝对没错，然而并不正确。因为是根据采访写成的，要说是事实当然是事实，但这不是真实，而把事实诱导到写的人想这样写、想这样认为的方向去了。我不喜欢这样的文章。常常听说现在已经进入了小说比现实更有趣、fiction（虚构）比nonfiction（非虚构）更有影响的时代，但那是不对的。二者完全是不同的作业。

---

1 非小说（非虚构）类作品。如传记、随笔、报告文学等。

nonfiction 在原理上是对现实的虚构，fiction 则是将虚构变为现实，比较哪个更有影响是没有意义的。若不准确把握这一点，必然会有与这篇报道同类的文章大量涌入社会。

这且不说。对于制服我过去就再讨厌不过了。上高中时不得不穿校服，穿得忍无可忍，我认为纯属无聊之举。但我最吃惊的是，在就废止校服和自由着装的问题面向全校学生进行调查时，竟有大约七成回答说"校服即可"。对此我很有些目瞪口呆，暗想原来日本人总体上是打心眼里喜欢制服的。众人反对着装自由化的最主要的理由是："如果自由化势必花枝招展，相互竞争，这是不合适的。"这点我不相信。这样的担忧实在过于息事宁人、过于管理本位主义。自由近在眼前，干吗不拿到手里呢？干吗偏往后退呢？当务之急是先把自由搞到手，如何维持可以靠自己解决。这岂不是我们这个世界的原则？

当然，随着着装的自由化，也许有人会追求花枝招展，但那终究是极小一部分。实际上不可能所有人都争先恐后穿高档时装，大多数人想必还是身穿极为普通而得体的衣服上学。若有什么不妥，到那个阶段再自行限制或采取什么对策也不迟，不是吗？就算有某种程度上的争妍斗艳，我觉得也未尝不可。不用担忧。这样才成其为社会，没什么可大惊小怪的。人生这东西在根本上就是不公平的，我们迟早要懂得这一点，在高中生这个年龄懂得也决不为早。然而谁都不肯赞成我这个意见，以致我们一身黑色立领校服直穿到毕业，尽管出去玩时还是马上换衣服的。

自那以来，我就在内心深处不大相信日本这个国家。现在也不大相信。一旦发生什么，情况就无可预测——这点我总是铭刻在心。因为这个国家有七成人不真心希求自由，至少高中时代有七成学生赞成保留校服。

这个才应该称为文化冲击。

吉姆·莫里森的"灵魂厨房"

　　在二十世纪六十年代至七十年代前半期这段所谓"革命时代"涌出的无数摇滚乐队中，究竟有多少能鲜明地留在我们记忆中呢？当电影《伍德斯托克》重新上映时，我们能对其中哪个场面感到兴奋呢？

　　归根结底，一切都已过去。那个时代摇撼我们的心、穿过我们身体的许多东西，经过十多年后回头望去，不难得知那只不过是表面被巧妙粉饰的一纸空文罢了。我们索求，对方提供，然而我们索求的东西实在太多了，以致所提供的大部分东西在结果上沦为模式化，就连本应给予模式文化以一击的 counterculture[1] 也未能免于模式化。于是出现反 counterculture，甚至出现了反反 counterculture。理所当然，"革命"寿终正寝了。

假如一九六九年或一九七〇年世界上某个大城市（例如旧金山、洛杉矶或东京）像庞贝一样埋在火山灰下面，其遗迹想必会成为相当不错的旅游点，有可能成为历史性的壮观场面。可是并未发生火山爆发，一切都随着时间的推移而褪色、而消失，而且 counterculture 等构想本身也销声匿迹了。如今再也找不到拒绝模式化的人。为什么呢？因为大家无不知晓一个事实，即那样的尝试在原理上是不可能的。在这个变得世故（sophisticate）的社会上，模式已然包含反模式，反模式已然包含模式。哪里也没有逃路。剩下的唯一通路，不外乎明知突然转向也要成为反语性质的"模式之王"。

在如此烦不胜烦的社会里，吉姆·莫里森恐怕是活不下来的。唯其如此，他才返回了灵魂厨房（soul kitchen）。

---

1 对抗文化、反文化，同现存文化和体制相对立的年轻人文化。

吉姆·莫里森死于二十七岁，是一九七一年七月死的。将他过早的死同时代之死重叠起来并非难事。不但莫里森，很多人都死于那个时代。吉米·亨德里克斯死了，詹尼斯·乔普林死了，约翰·科尔特兰[1]死了，而且他们的死留下了大小不一的遗痕。

称赞死者是心情愉快的，称赞年纪轻轻死去的死者尤其如此。死者不会背叛，不会反击，不上年纪，头发不稀，肚皮不鼓。他们只是静静地彻底地死了，纵使你把他们的死忘个精光也没什么问题。只管忘记就是。曲终人散。他们绝对不会因为被忘记而来你家门前敲门。他们只能在黑暗中一动不动。称赞死者委实太容易了。

可是吉姆·莫里森的音乐跨越了所有这些意念，跨越了称赞死者并巡视其遗迹的内疚，至今仍在拨动我们的心弦。他所留下的唱片中最好的两三张比其后出现的任何一张摇滚乐唱片都出类拔萃，都富于创意，都有冲击力。我是这样认为的。对我来说，令人战栗的唱片没有能超过第一张密纹唱片《大门》的，单纯而美妙的唱片没有能超过《陌生的日子》（*Strange Days*）的，给人狂暴而温柔

1　美国黑人萨克斯演奏家、作曲家、指挥家（1926—1967）。

之感的唱片没有能超过《洛杉矶女人》（*LA Woman*）的。

我最初听的吉姆·莫里森和大门乐队的唱片当然是 *Light My Fire*。那是一九六七年的事。一九六七年我十八岁，高中毕业后没上大学没去补习学校，每天就坐在书桌前，用收音机听摇滚乐。那一年也像其他年度一样产生了为数众多的走红歌曲，产生旋即消失，一如泡沫。唯独 *Light My Fire* 永不消失，它那粗犷的富有暴力意味的声乐、序曲的咒语式的风琴音色，在我脑海里久久萦回。《点燃我的心》这个日语名称我觉得有些过软。无论如何都必须是"Light My Fire"，无可替代。

Come on baby light my fire

Come on baby light my fire

Try to set the night on fire

喂宝贝，给我点燃火

喂宝贝，给我点燃火哟

把黑夜一把火烧个精光

我是这样理解这首歌的歌词的。不是优雅地"点燃我的心"，不是"让夜晚充满火光"，而应该更有野性、更诉诸肉体。他是想给黑夜本身或肉体本身点上火。这种奇特而单刀直入的感觉正是吉姆·莫里森这位摇滚歌手的生理所使然。此歌的词曲部分几乎都是由吉他手兰尼·克拉维兹完成的。尽管如此，吉姆·莫里森的生理仍高屋建瓴势不可挡地支配着这首流行歌曲。作为证据，你试听一下除吉姆·莫里森以外的歌手唱的这首 *Light My Fire* 好了，例如何塞·费里西亚诺，例如史提夫·汪达[1]。两人都唱得清纯动听，碰巧都有可能点燃谁的心。然而，除了吉姆·莫里森，到底又有谁能给肉体本身直接点火呢？到底又有谁能从音箱后面释放出肌肉灼焦的气味呢？即使米克·贾格尔也无能为力。

之于我的 *Light My Fire* 同之于我的一九六七年紧紧结合在一起。假如我能够把一九六七年的夜晚像扯窗帘一样扯下来往上面点火，我肯定那样做。便是这样一个年份。

1　美国黑人盲人歌手、作曲家（1950—　）。

吉姆·莫里森本质上是个煽动者。作为平庸得再无法平庸的平庸而愚直的军人家庭的长子出生的詹姆斯（吉姆）·道格拉斯·莫里森，通过当说唱摇滚歌手而象征性地刺杀了父亲、象征性地奸污了母亲，将自己的过去付之一炬。走红之初有人问起他的出身，他只回答"孤儿"。他试图通过自我煽动而为名字叫吉姆·莫里森的这个新生儿赋予神圣的灵魂。没有这种煽动，吉姆·莫里森就无以成为吉姆·莫里森。可是他必须为此付出许多代价。煽动的代价逐日上涨，终于涨到他无法支付的程度。

在那个季节，我们任何人都或多或少是吉姆·莫里森。吉姆·莫里森以LSD[1]和可卡因煽动他的大脑，用巴本威士忌和杜松子酒煽动他的消化器官。当他从裤子拉链那里掏出阳物煽动观众时，我们能够感觉到他的痛楚，感同身受。

而当吉姆·莫里森死去时，我们身上的吉姆·莫里森也死了。约翰·列侬也好米克·贾格尔也好鲍勃·迪伦[2]也好都无法填补吉

1　lysergic acid diethylamide 之略，麦角酸二乙酰胺（一种麻醉剂）。
2　美国民歌歌手、作曲家（1941—　）。

姆·莫里森留下的空白，长达十二年的光阴也无可奈何。

一九七一年我根本想象不到一九八三年这个年度会真的转来自己身边。尽管如此，当一九八三年实际上毫无激情地降临到我头上的时候，我依然听着吉姆·莫里森和大门乐队的唱片。我三十四岁，仍未能把暗夜点燃。

已经到了关门时间

必须出门离店

多么想在这儿待上一晚

开车驶过的家伙贼溜溜地四下打量

路灯洒下亦真亦幻的光环

再说你的脑浆

早已一塌糊涂彻底玩完

往下能去的地方

完全不用隐瞒

在你的灵魂厨房睡上一晚

快用那潮乎乎的火炉给我驱寒

（《灵魂厨房》）

吉姆·莫里森消失在为他准备的"灵魂厨房"之后，已经过去十二年了，而他的歌声仍从组合音响里释放出烤肉的焦糊味儿。他好像会马上来到门前敲门："喂，我可不是什么传说哟！"

是的，吉姆·莫里森决不是什么传说。用传说也填补不了吉姆·莫里森身后的空白。

村上春树又酷又野的白日梦

我的梦是拥有双胞胎女朋友，即双胞胎女孩双双等价地是我的女朋友——这是我做了十年的梦。

至于双胞胎姐妹读了做何感想，我则无由得知。很可能心生不快，或者大为恼火也未可知：开哪家子玩笑！果真如此，道歉就是。这仅仅是我的一个梦。梦这东西在大多数情况下是无道理好讲的、超出日常规则的。所以，就请你读的时候想开一点，心想这仅仅是村上春树的一个梦。

几年前看过一部名叫《高中》(Almost Summer) 的电影。是部青春片，描写加利福尼亚高中生的生活，我非常中意。遗憾的是几乎没引起反响就消失了。顺便说一句：这部影片的音乐是"沙滩男孩"

的迈克·洛夫制作的，查尔斯·劳埃德在里面大显身手。

电影最后出现了毕业晚会的场面，主人公男孩身穿无尾晚礼服、两边挎着双胞胎女孩英姿飒爽地走进会场。酷毙了。beautiful、fashionable、striking、trendy、gorgeous、groovy[1]。我也很想尝试一次，哪怕一次也好。

我不大欣赏晚会那玩意儿，很少参加，不过若有双胞胎女孩相伴左右，那也不妨改变生活方式，来个场场必到。不是什么绝代佳人也可以。未必非佳人不可。普普通通的女孩就成。又不是要求爱要睡觉什么的，只是想和双胞胎女郎一起参加晚会，只是觉得那大约是石破天惊之举。

提起双胞胎的妙处，一言以蔽之，我想在于"既性感又不性感这一相悖性"。就是说，男人（女人怕也一样）在跟女孩幽会的时候，总是有意无意地怀有一个假设：同这女孩睡觉会怎么样呢？然而同双胞胎幽会之时，就算怀有"同这两个女孩睡觉会怎么样"的假设——虽然作为假设固然有趣，但也已经超越了日常现实性。

1　意思分别为：漂亮、新潮、有冲击力、时髦、堂皇、绝妙。

若对假设进一步追究，势必进入"设法进攻色情双胞胎"的范畴，我可不大愿意把事情捅到那个地步，至少现阶段不想惹那种麻烦。我在双胞胎身上所追求的，是排除了那种男女一对一的现实性假设的——即形而上的——范畴。

也就是说，我追求的是作为制度的双胞胎、作为观念的双胞胎。换言之，我要在双胞胎式制度或观念之中验证自己，尽管验证的方法倒是够繁琐的。

但从现实角度仔细考虑，我又认为同双胞胎交往绝不轻松。首先开销大。饮食费都是普通幽会的两倍，送礼也不能光送其中一个，要把相同的东西好好准备两份。不但开销，还要对两人时时一视同仁，而这是非常累人的活计。比如坐小汽车幽会，我想就不好让一个坐前排一个坐后面。这样一来，势必让两人都坐后排，而这未免煞风景。另外去迪士尼乐园坐宇宙飞船也是如此。两个女孩并坐一架飞船呜哇大喊大叫，我则沉着脸形影相吊，无论如何都兴味索然。还有，约会也是一场麻烦——不是"栗子星期一星期三白天和星期五晚上不行星期日又要去骑马俱乐部"，就是"瓜子星期三晚上星期五下午不行星期六又要去养老院慰问"。如此这般，调整起来不

胜其烦，却又不能说"那么星期三见栗子，星期日会瓜子"。因为真要那样，同双胞胎交际的意义也就荡然无存了。对我来说，她们无论何时何地都必须处于不可分离的状态。

如此一想，同双胞胎双方进行实际交往，对我这样不擅长处理啰嗦事的马虎人来说，恐怕是不可能的。问题委实太多了。换个角度看，似乎比妻妾同堂还要伤脑筋，因为双胞胎不存在立场的差异，需要待之以绝对的 50% ： 50%。也许，明智之举是只限于带去参加晚会那种轻度的交往。

尽管如此，我还是喜欢双胞胎这一状态，喜欢同双胞胎朝夕相处这一假设中的自己，喜欢她们身上秘密的分裂性，喜欢两人令人目眩的增殖性。她们分裂，同时增殖。对于我，那是永远的白日梦。

仅仅一个女性对我来说有时过多，有时又过少——话虽这么说，婚姻却已延续了十五年之久。

降落伞

这些日子我一直没订报。倒不是说绝对不订，偶尔心血来潮也订，但没报也没觉出什么不便。

对报纸也不挑三捡四。过去家里一直订朝日和每日[1]，已较习惯了这两份报纸的版面。若问我是不是讨厌读卖啦产经啦东京[2]什么的，那也不是。我觉得全都半斤八两。有时候心想，若有发行份数少且删掉多余消息的一流报纸该多好，但没有也无所谓，只是想想罢了。去外国时经常买《先驱者报》来看。那份报又薄又轻且消

---

1 指《朝日新闻》、《每日新闻》，日本的主要报纸。
2 指《读卖新闻》、《产经新闻》和《东京新闻》，亦为日本主要报纸。

息密集，十分可取。不过，即使去没有《先驱者报》的地方，也不至于多么寂寞。总而言之，对报纸的感情淡薄。有就看，没有就不看。

看报时偶尔会碰上较为有趣的报道。如一九八六年一月的报纸上有这样的报道：

（一月）十二日在陆上自卫队习志野驻地演习场举行的第一空降团"降落伞打开训练"中，从直升机降落的四名队员被风刮跑，"意外降落"在距预定降落场所五六百米远的八千代市的住宅房顶等处，其中一人受了踝骨折断的重伤。（1月13日《朝日新闻》）

看了这份报道，脑海里马上浮现出约翰·米利厄斯的《赤色黎明》（大家都说不好，可我中意这部影片）的第一个镜头。美国一所乡间高中正在上课时，学校院子里一个接一个掉下降落伞来。学生们以为是训练当中被风刮来的，跑出去观看。不料下来的是古巴兵，"砰砰砰"一阵自动步枪响，学生们统统丧命。这个电影场面我看很有教训意味：降落伞掉下来时不要马上出去，最好钻进壁橱里大被蒙头一动不动。

为什么这么想呢？因为老婆是个喜欢从电影中吸取教训的人，

每次一起外出看电影都张口闭口说"喂，对我来说，这部电影的教训嘛……"起初我觉得这个女人端的莫名其妙，可是夫妇这东西真是可怕，不知不觉之间我就彻底习惯了，并且不知何时自己也自然而然染上了从电影中吸取教训的毛病。很难说这是理性的看电影方法，但至少讲究实际。说实话，近来我对出于理性看电影的时髦男女颇有些敬而远之。

不管怎么说，这算是我从《赤色黎明》中得到的一个教训：降落伞下来时不得外出。

报纸报道，骨折的角野陆军大校"砰"一声掉在了正给花木浇水的主妇（65岁）身旁。没有详细说明，不晓得具体场景。究竟是怎样掉下来的呢？一边高喊"太太危险躲开"一边掉下来的？还是不声不响飘然落下的呢？很想了解细节。但报纸上关键地方总是不写。若是不声不响飘然落下，多少叫人害怕。

另一点疑问是角野陆军大校训练中带没带钱包。掉在驻地内当然不用花分文，但像这样掉在外围现实世界里，身无分文恐怕就很难办了。出租车搭不成，电话打不了，甚至可能被主妇大声喝斥："开哪家子玩笑！损坏花木要赔，不赔甭想离开！"尽管这也是无可无

习惯这东西
真是可怕

不可的琐事。

不瞒你说，大约四年前我就住在这习志野部队驻地旁边，降落伞训练也常看。驻地驻扎的是空降师精锐部队，经常进行实战演习，一有风吹草动马上飞往现场。对着书桌写东西时忽然抬头看去，窗外有无数白色降落伞翩然张开。因是看《赤色黎明》之前的事，当时没觉得多么可怕，更没钻进壁橱什么的。刚搬来时的确心里一惊，但很快习以为常，见怪不怪了。此外，有时也有身穿野战服手持自动步枪的部队从我家门前快步跑过，为这个吃惊也是起初那阵子，不久也习惯了。在报上看了这篇报道，不由久违地想起在习志野时的情景，再次感叹习惯这东西真是可怕。早晚总有一天，即使携带重机枪和迫击炮的部队跨过六本木十字路口，可能也无人惊讶。

单身旅行

仿佛例行公事的搬家——这十八年间简直不知搬了多少次——弄得家里翻天覆地，根本不容我写小说，只好在八岳宾馆里闷了十天干活。偶尔闷在宾馆里写作也可换换心情，倒不很让人讨厌，问题是大城市的宾馆一般都开空调开得过头，身体要弄坏，所以这次去了八岳。

安静，空气好，写作本身有进展。只是住在度假宾馆里写作，难免从早到晚考虑吃饭。什么差不多该吃早餐了，什么午餐几点去餐厅，什么今天晚上会上什么菜——一整天净想这个，自己都觉得俗不可耐。而且大多时候都是脑满肠肥而归。

去八岳要乘小海线。小海线电气列车上女孩特多。加之这里位于东京圈和关西圈交界处，从东京来的女孩军团和从关西来的女孩军团在小渊一带犹如暖气流和冷气流"嘣"一声相撞，这下可热闹了，地狱一般。"呀——，傻透顶了"、"我可不晓得那码子事"——总之吵吵嚷嚷，没事找事地大声喧哗，震得耳膜一扎一扎地痛，感觉上就好像竹下大街在钢轨上奔驰。年纪大些的乘务员走来劝说："喂——诸位，请多少安静些，车上还有一般旅客。"但没人肯听，不可能听的。

全都带着体育用品包和网球拍。有这么一大帮人打网球，居然没有国际性的日本网球赛事，不由令人诧异。不过琢磨这个也没有用，于是把随身听的耳机塞进耳朵，一个人继续闷头看书。四人座席坐着我和三个同伙女孩。对方为难，我也麻烦。

若在往日，处于女孩包围中必定紧张得胸口怦怦直跳，根本看不下书。但近来竟觉得"年轻女郎唧唧喳喳真个烦人"，尽管自以为还不到那个年纪。伤脑筋。

十天后干完活乘同一列车回东京。回程车上同来时截然相反，四下空空荡荡。原来连休刚刚过去。我一人坐在四人座席上正看着《高尔基公园》，斜对面席位上来了个比网球女孩年龄大一等级的大约二十五六岁的女孩。女孩有点韵味，身穿青山风格的时装，膝上放一本《安安》[1]，百无聊赖地怅怅打量着外面景致。看样子是单身旅行。

单身旅行的不便之处，就是碰上单身旅行的女孩。而在这种情况下同席更是不好办。因为谁也没有，就两个人。当然好办的人我想也有很多，可我不好办。因为不大清楚搭话好还是不搭话好。人家正静静品味着终于能够单身旅行的乐趣，上去搭话惹人讨厌自然不妥，让人怀疑自己别有用心也够不快。话虽这么说，让人心想"都挺无聊的，搭一句话也可以的么，此人肯定胆小如鼠"，那也是挺遗憾的。

难办啊，我想。困惑之间，只好一小口一小口地啜着罐装啤酒翻阅《高尔基公园》。如此时间里，车到了终点站。事情到此为止。这样子实在对身体不利。倒不是什么大不了的事，但毕竟对身体不好。若是这样，还是同老太太旅行团坐在一起快活。

单身旅行的女孩到底想的什么呢？这种情况下她们希望别人搭

---

1 日本二十世纪七十年代后期最有影响的时尚女性杂志。

话还是不希望呢？一次同年轻女子说话时，我不由就此问了一句。对方答道："春树你真傻气，那还不是取决于对象？"言之有理。可这么一说，我却愈发困惑了。

问题首先是，就算搭话也不知如何开口。没有话题嘛！又不好问"那本《安安》可有意思"。

大学一年级时我曾单身旅行，记得一个二十五六岁的女子跟我搭话，弄得我相当狼狈："喂，你是哪个大学的？唔，原来是早稻田。有女朋友么？看的什么书？"——如此无休无止地陪了三个小时。

那时的新干线一节车厢只有两三个人，然而她像瞄准猎物似的来我身旁坐下，张口就问："喂，多大了？住在哪里？"作为我甚是局促不安。女子相当可爱，现在自然后悔：当时若不计较年龄差别而不卑不亢地诱其就范该有多妙。但那时候我也还单纯，以致凄凄惶惶地过了三个钟头。

由于有这个记忆，我很难向单身旅行的女性打招呼。虽然算不上谨小慎微，但我对于给别人添麻烦总有点神经过敏。至于是否别有用心，自己也不很清楚。

不过除了这种个人烦恼，单身旅行的女孩作为情景还是相当令人愉悦的。单身旅行的女孩全都有点儿紧张，而且都把一本书放在膝头，都时不时觑一眼窗外，都躲藏似的吃盒饭喝饮料。另外因是一个人，当然都沉默不语，不说什么"所以嘛"。平时或许说，但现在不说。

所以我觉得若同这样的女孩坐在一起，较之泛泛地问她"去哪里"或"有趣么"，还是让她一个人静静独处为好。而搭话机会也就这样失去了。

杜鲁门·卡波蒂[1]有个短篇叫《黑夜之树》，讲一个怀抱吉他单身旅行的女孩的故事。她在夜班列车上和一对与众不同的老夫妇坐在一起，因而有了一次奇妙的体验。我喜欢这个故事，在列车上遇上单身旅行的女孩也总是想起这个短篇。

---

1 美国小说家（1924—1984）。

服务业种种

我在写小说前，曾经经营了七八年类似饮食店的玩意儿。由于这个关系，至今走进咖啡馆、酒吧、餐馆那样的场所，无论如何都免不了要注意观察那里干活的员工。每当关门之际，其他客人回去时，都要一再克制，才不至于脱口道出："谢谢光临！"近来总算不必那么担心，可以心安理得地享受饮食之乐了。尽管如此，还是免不了以这样的眼神看人家——如果自己开这店的话……

我最不高兴的是见了客人就搭话的寿司店，那委实伤透脑筋。前几天兴之所至地走进附近一家（头一次进）寿司店，正遇见此类老伯在攥寿司。

"噢，快请坐。拿了奖金手头阔绰了吧？"对方劈头就是一句。我心里暗暗叫苦，但寿司店这地方一旦进去了就很难退出。

"啊，哪里，也没什么。"我搪塞一句。

"拿到了吧，是拿到了吧？"

"没拿到。"（多嘴多舌）

"那为什么？公司不景气？"

"没在公司工作。"（懒得说这个）

"学生？"

"不，不是。"

"那你干什么？"

"啊，算是自由职业吧。"（纠缠不休，讨厌）

"自由职业？什么自由职业？说具体些嘛，说嘛！"

"唔——，就是……给杂志写东西什么的。"（怎么搞的，金枪鱼块还没解冻！）

"嗬，厉害厉害。写什么东西呢？"

"噢，这个么，这个那个的。"

如此应付起来，根本吃不出寿司什么味。这种人就是能说会道，而弄出来的东西却不好吃。也不限于寿司店，这种人哪个地方都不在少数。寿司店主人好像还是不怎么开口为好，顾客问到时才恰到好处地说一下"窍门"——这样再好不过。

另外跟同伴唧里哇啦聊个不停的店员也令人头疼得很。"喂，跟你说，昨天的电视看了？对手栽了个跟头，结果嘛……"如此这般。我示意也全然不肯过来。"喂，幸子，三号台叫你呢！"有人提醒后才勉强走来，半理不理地写了菜单，朝里面吼一声"炸虾，一个"，往下又接着喋喋不休："怎么就栽了个跟头呢……"既然说话那么来劲儿，好好说一句"炸虾荞麦面一碗"不就得了！不过如此货色近来相当不少。

而反过来接待过于热情也让人吃不消。家庭式餐馆的连锁店这种情形较多。进去还没等坐稳，就过来深深鞠躬："欢迎光临迪尼斯！"每次给人这么一说——我也觉得抱歉——都好像没了食欲。因为对方态度的确诚恳，我也不由自主低头回礼，弄得很累。就差没自谦"哎呀，哪里哪里，平头百姓一个"。正月我没去过"迪尼斯"，自是不晓得，不过既然平时如此殷勤，正月对客人这么说怕也未尝不可："谨祝新年快乐，去年多蒙关照，今年也务请费心。"

夏天就来一句："正值酷暑时节……"十月则说："时下秋高气爽，长空一抹微云……"如此唠叨起来，自是没完没了。

还有一点很久以前就觉得不对头——在那类说话过分客气的店铺，收款员必说"先为您保管××日元"，若用五千日元钞票支付两千五百六十日元倒也罢了，而正好递出两千五百六十日元不用找的时候却也来一句"先为您保管"，就令人莫名其妙了。逻辑不通。我总想回敬道"既然说是保管，那么就请还回来吧"，但毕竟不宜如此计较，每每默然告退。大约以为说"先为您保管××日元"比"收您××日元"来得客气，问题是这种表层服务其实没多大意思。服务这东西实非易事。

从提供服务方面看来，上一杯咖啡都是蛮难的。咖啡这玩意儿太热了出不来味，而凉了又不好喝，所以必须以不凉不热的温度端上。可加不加牛奶会改变温度，客人的喝法不同——有人和同伴慢悠悠边聊边喝，有人独自三两口喝光——也会使温度有所不同。当然口味也因人而异。我算是比较注意的了，但还是不时有客人说"什么呀，这咖啡太热了，没味道的嘛"，或者"哪有这么凉的咖啡，重新做来"。这种时候最好别抱怨，乖乖道歉当即返工，这是行内人的基本素质。

　　如今我当小说家写小说了，我的基本想法是：仅仅一杯咖啡都有那么多反应，小说的读法更是多种多样，奈何不得的。

话说打分

　　每次看电视上的棒球转播，都要见到主持人赛后采访投球手的场面："今天投球以百分满分来说能打多少分？"我看了心里琢磨：这么问能有什么用呢？结果投手大多回答"这个么……90分左右吧"，主持人随即接口道"噢，是吗？是90分啊"。交谈到此为止，而没有就90分这一自我评价是建立在何种地平线和体系之上的加以分析，没往那方面发展。这个样子，同小学生——接过答题纸也不反省错在哪里就"哇、90分、90分"地大呼大叫的小学生——有什么区别？

　　说起来，百分满分这个设定就够暧昧的，而对方说了"90分"就接口道"啊，是吗"这一问一答更让我莫名其妙。充其量是体育运动，这东西追求得太细，说是犯傻也不为过。一来采访时间有限，二来虽然"既然本人说90分那么就90分吧"这样的想法也是存在的，但问题是职业棒球投手里面有人自我评价严厉，有人则宽松得多，甚至可能有人单纯地认为胜了是百分败了是零分，而将这些统统纳入"90分吧""是吗"这一模式是相当勉强的，想必主持人也隐约晓得这点。尽管如此，依然明知故犯日复一日地询问"以百分满分来说能打多少分"——这已经超出了工作马虎或模式单一的范围，显然是无谓的消耗。

但这种打分评价方式的提问对于提问者来说似乎是相当方便的。诸如"您对丈夫的评价以百分满分来说能打多少分呢"这样的提问在坊间刊物——特别是妇女刊物——屡见不鲜。回答一方虽说困惑，却也中规中矩："是啊……怎么说呢……大约65分吧。"

看到这样的报道我每每迷惑不解：65分丈夫到底是怎样的丈夫呢？A女士家的丈夫或许"虽然帮干家务，但性事不够力度，故而65分"；B女士家的丈夫则可能"性事如狼似虎而对家务袖手旁观，因而65分"；C女士家的丈夫或许"虽然面目狰狞但心地善良，故而65分"；D女士家的丈夫则可能"爱得要死要活却让人有点儿害怕，因而打 65 分算了"。

这样一来，A 女士 B 女士 C 女士 D 女士虽然同打 65 分，但无论方向性还是性质都截然不同。而在变成 65 分这一数字之后，A 女士丈夫也好 B 女士丈夫也好 C 女士丈夫也好 D 女士丈夫也好统统被打入"65 分"这一括号之中。这样的提问和回答究竟有何意义可言呢？

如此这般，抽样调查这东西总的说来大多没有意思并且令人不快。我也遭遇过"您的幸福度以十分满分来说能打多少分"这样的混账提问，害得我狼狈不堪。风风火火地这么问一句，谁能答得上？这同问"南极大陆的存在对于您以满分十分来说能打多少分"是一码事。

南极大陆不管你中意还是不中意照样存在，不属于因你中意而如何、不中意而又如何那类东西，虽然未尝不可以用"因有企鹅 8 分"和"冷得讨厌 2 分"这样的方式加以评价，但那毫无意义。所谓现状即是应存在而存在于此的，对其只能作出"应存在而存在"的评价。企鹅也好寒冷也好都是个别侧面的属性，与总体状况关系不大。

所以我在接受这类询问时，总是回答"不知道"、"不好说"

或"不想回答"。当然我不至于端出上面写的内容来——叙述导致"不知道"这一回答的来龙去脉，一来无论如何说来话长，二来提问者意思根本不在这里。对方寻求的仅仅是"6分"或"8.5分"这样的数字。所以我不太喜欢抽样调查。

看报纸上的民意调查结果，大体各有百分之五的人回答"不知道"和"不想回答"。我十分理解这些人的心情。

例如有这样的抽样调查：

"您信赖美国这个国家吗？请从以下几项中挑选。"

① 信赖

② 某种程度上信赖

③ 不太信赖

④ 不信赖

⑤ 不知道

如果你受到这样的问卷调查，不是只能选⑤的么？因为美国也罢日本也罢尼加拉瓜也罢，都既有能够信赖的部分，又有不能信赖的部分。由于这个缘故，作为我是信赖对此类询问回答"不知道"的人的。

话虽这么说，倘若世人对于抽样调查或民意调查一律答以"不知道"或"不好说"，这或许也够叫人扫兴的。如果民意调查圆形图表的百分之八十五左右由"不知道"这一回答占据，即便我也未免悚然，不太情愿住在如此疑神疑鬼的社会里。这是个非常难处理的问题。怀疑部分所占比例大体同福神酱菜[1]在咖喱饭中的比例相仿应该是正常和地道的。

---

1 一种日本的传统什锦酱菜，以萝卜、茄子、黄瓜等七种蔬菜腌成。

不堕情网

　　在女性方面我还是有自己的喜好的。我是已婚者，人近中年，又无甚可取之处，可喜好这东西也还是有，尽管好像有些厚脸皮。

　　我这里所说的喜好，指的是外表、气氛什么的。就是说，偶然遇见一个女子，心里暗想"啊，这人绝了，让人觉得舒服，正是自己喜好的"，如此情形虽说不是动不动就来上一回，但一年总可以碰上一两次。不过若问我是否因此就同对方堕入热辣辣的情网之中，那也不至于，一般都没闹出什么故事，径自各行其路。

　　这倒不是因为我遵守一夫一妻制的道德而自我克制、有意不堕情网，而是自然而然的结果。说不可思议也是不可思议，外表上符合自己口味的女性基本百分之百在内在方面——或者说为人——不符合我的口味。所以，即便最初如被电光石火击中一般胸口怦怦直跳，而同对方交谈起来就一下弱似一下地平复下去，没等堕入情网便已偃旗息鼓。这样的人生说不幸也不幸，说平和也平和。

当然，更年轻的时候注意不了这么多，为对方外表所吸引而闹起一厢情愿的恋爱也并非没有。但年纪到了一定程度之后，就深切体会出了这项作业的徒劳无益，心情自然沉静下来——"原来如此，算了算了"。相比之下，还是同能够默契的——和外表什么的无关——女孩子在一起惬意得多。当然这不能称为恋情。

为什么外表上符合自己口味的女性几乎都不是我所喜好的呢？我时常就此认真思索，但总是得不出有说服力的答案，只能像库尔特·冯内古特[1]那样简单想道：就那么回事。

这是与色恋毫无关系的——"就那么回事"和"那又怎么样"这两句话乃人生中（尤其中年以后）的两大关键词。从经验角度言之，只要把这句话牢牢嵌入脑袋，几乎所有的人生关口都可大体应付过去。

1　美国黑色幽默小说家（1922—　）。

　　比如好不容易跑上车站月台阶梯，而电气列车就在那一瞬间关门了，自然气恼得不行——这种时候心想"就那么回事"即可。就是说，对车门一般是要在眼前关合的予以接受和理解。这么一想就不会怎么气恼了。世界总是按它自己的原则流往该流的方向，如此而已。

　　但是，因没乘上那班车而耽误约定时间的时候也是有的。这种情况下就要对自己说"那又怎么样"。时间这玩意儿不是可以随意分割的么？就算迟到二十三十分钟，同美苏核军备竞赛或上帝之死相比也没什么大不了的么！此即"那又怎么样"的精神所在。

　　只是，依此想法活下去，诚然能活得轻轻松松，而综合素质却难以提升，与社会责任感和主导意识什么的基本无缘。一来二去，发生核大战也罢，上帝死了也罢，都势必认为"就那么回事"、"那又怎么样"——我也多少有这种倾向——而这样一来事情难免有些麻烦。凡事都须适可而止。

　　话说回来。外表上符合自己口味的女性却不具备自己喜欢的人格这点，看着实在让人难过。光看都难过，深入交往起来恐怕更难过了。目睹如此女性时的心境——这样打比方固然浅近——同在服装店发现款式正中下怀的衣服却尺寸全然不合身时的心情非常相似。虽然明白只能放弃，但心情上总有些恋恋不舍。

七八年前我和一个如此类型的女性一起旅行过四五天。不过不是光两个人，是和很多人同行。看第一眼时感觉妙极了，心里赞叹"好漂亮啊"。不料几次交谈之间就发现性格和我完全不合。因为性格不合，就没有要好起来，旅行一结束就分开了，再没见面。但旅行当中不得不在一起，因此较为细心地观察了她四五天。结果不由深深感到——本来大可不必——自己眼睛捕捉到的世界和客观上作为"世界"存在的世界，其构成形态竟有霄壤之别。就是说，无论在我眼里她的外表同她的为人何等相反，但其相反状态既然作为一个人存在并发挥功能，那么我也完全不具有对此提出异议的权利。何况，我也可能在她眼中的世界以相当扭曲的形象出现。

必是那么回事。

不过——好像重复好几次了——若依照这样的认识体系行事，无论如何都恋爱不成。电影《美国风情画》（*American Graffiti*）中有这样一个片断：理查德·德莱福斯无法忘记在街头偶然看见的乘坐"雷鸟"的"梦女郎"（the girl of dream），为此整整找了一个晚上。就是说，恋情乃是超越那种既存体系的行为。

MOTEL¹ 与会见记者

　　我经常做错事，也经常产生错觉。例如直到近几年我还坚信日本的 MOTEL 是可以开车直接进入房间的住宿设施，总之就像马进马厩一样抖抖擞擞把车开进房间，年轻男女（不甚年轻也不碍事）打开车门一下车就有床摆在眼前。何以这般深信不疑自是不大清楚，反正长时间里一直以为 MOTEL 是这么个东西。

　　所以，两三年前在电影上见到真实的 MOTEL 时大吃一惊。原来 MOTEL 不过是个名称，实质上和普通的情爱旅馆——这方面我倒

1　汽车游客旅馆。

知之不详——没有区别。车不开进房间，也没有什么同车有关的设施。

跟朋友说起时，朋友反问我："干吗非得连车一起进入房间不可呢？那样一来房间里要充满废气，再说，开八吨卡车来 MOTEL 的人要订什么样的房间才行呢？"

如此说来，事情的确如此。还是这个朋友说的有道得多。尽管这样，提起 MOTEL，至今我脑海里仍不由自主地浮现出汽车在相抱男女身边安然歇息的田园牧歌式（难道不是吗）场景。

再举个与此相近的例子。小时候我一直以为"会见记者"是"会见火车"[1]。所以，每当广播或电视的新闻节目里说"杜勒斯国务卿昨天会见记者时……"我就想象杜勒斯国务卿和有关人员在"咣咣哐哐"摇来晃去的火车上会谈的情景，心里感叹政治家这个职业老是要跑来跑去。当然这么一想势必生出疑问——为什么政治家说话总是选在火车中呢？可是，在上了初中、从报纸的政治报道里看到"会见记者"这四个铅字之前，我始终对"会见记者"即"会见火车"这点不怀有一丝一毫的疑念。

1　"记者"和"火车"在日语中发音相同。

我猜想这一错觉大概含有视觉因素。就是说，和 MOTEL 那个例子一样，我的误解与其说是解析性的，不如说是场景性的。所以即使到了现在，每次从广播新闻里听得“会见记者”，眼前都会倏然浮现出杜勒斯国务卿乘坐的夜班火车（在我的想象中，用于会见的火车总是夜班火车）在辽阔的美国平原上穿行的五十年代风景，尽管误解已经消除了差不多四分之一世纪。

此外还有一个不同于前面两例的带来严重后果的错觉——很长时间里我始终以为“盯视对方眼睛说话是十分失礼的”。这个误解是在哪里经过怎样的程序产生的我不得而知，总之我对此深信不疑，和别人说话时总是尽量不看对方眼睛。这个误解一直持续到高中时有人提醒我“最好好好看着对方眼睛说话”为止。“不看对方眼睛，容易被人认为心里有歉疚感或对自己没有自信，而且是不礼貌的。”他说。

问题是就算别人这么说了，将价值观来个一百八十度大转弯也终非轻而易举之事。直到昨天还认为不看对方眼睛才合乎礼节的人不可能痛痛快快地盯视对方的眼睛。道理虽然明白，但每次看对方眼睛都觉得好像是在定定地窥视对方的心底，为之心神不安。这不是什么夸张。长期不看对方眼睛生活的人陡然看起眼睛来，对方所思所想自然历历在目，以致又要不知不觉间把视线从对方眼睛那儿移开了。

如此这般，在"看对方眼睛"方面我的确吃了不少苦头。能够不很勉强地注视对方眼睛说话已是二十五岁以后的事了，但我至今仍觉得心中有个地方认为"其实不看对方眼睛说话才是符合礼节的"。这或许是因为我性格较为固执。

有时忽然心想，说不定什么地方存在着一个不把如此众多的错觉作为错觉、而是作为正当行为正当状况的世界，那里有汽车紧挨床铺停放的 MOTEL，政治家在那里乘坐夜班火车谈论政局，人们交谈时不盯视对方的眼睛。尽管我是不开车的，MOTEL 是怎样一种构造，说起来和我并没有什么关系。

"兔子亭"主人

　　我不大喜欢介绍自己常去的饮食店。一来觉得那样做有自以为"了不起"的嫌疑，二来担心介绍不好会给店里招来混乱。所以，关于这家"兔子亭"我也不写地点和电话号码。"兔子亭"位于我家附近，我常去那里吃午饭。店很小，进去十个人就坐满了，不过一般都坐不满。门面也和普普通通的民舍差不多，外面也没招牌挂出，只是门旁有一块写有"西式套餐·兔子亭"字样的小小的名牌。总之买卖十分低调。

　　"兔子亭"只有两种饭菜。一种是天天换样的每日套餐，另一种是固定的炸肉饼套餐。两种都带蚬子大酱汤和满满一大碗甘蓝丝色拉，好吃得没法说。另有刚刚洗掉米糠的够量的咸菜。还有刚炒好的芝麻拌焯菠菜、意大利粉和凉拌香蘑等盛在小碗里端来。活生生激灵灵的意大利粉和有咬头的新鲜醋味凉拌香蘑，同这一带小餐馆里常有的应景性搭配的套餐相比，味道就是有所不同。不用说，搭配内容也随着季节不断变更。

还有，饭是麦饭，这麦饭盛在摸起来粗粗拉拉的大号瓷碗里端上桌来，一股大麦的香气忽地涌满房间。这一瞬间让我欢喜得不得了。茶是焙制茶（夏天是凉薏米茶），同样香气四溢。自掰卫生筷是颜色偏深木纹清爽的杉木筷，筷套用的是黄莺色无花纹和纸 [1]。

每日套餐的菜式已说得不少了，因说起来没完，下面把话题限定在炸肉饼上。用文字表达"兔子亭"炸肉饼如何可口是极为困难的。两个蛮大的炸肉饼放在盘子里端来，只见无数粉粒活蹦乱跳一般齐齐向外探出，油"嗞嗞"有声地沁入内侧，称为艺术品怕也未尝不可。

用杉木筷猛地按住分开一块放入口中，油面渣"咔嗤"一声

---

[1]　一种以传统工艺制作的日本纸，较厚。

脆响，里面包的土豆泥和牛肉酥软酥软的，热得像要融化了似的。除了马铃薯和牛肉——香味足得令人恨不得和大地亲脸的马铃薯（决非言过其实）和主人严格挑选进货并用大菜刀细细切碎的牛肉——以外什么也没用。为了充分受用原材料的美味，调味品蜻蜓点水似的用得很少。觉得味淡的人可以淋上店里自制的沙司。沙司装在一个大罐里，用汤匙舀出淋上。这沙司实在妙不可言，里面有切碎的冬葱，味道奇特得难以形容，但决无余味留下，吃了还想吃。两个炸肉饼我不用沙司吃一个，另一个则淋上沙司享用，回回如此。淋沙司吃让人觉得可惜，不淋沙司吃也觉得可惜，心情很是微妙。

吃完饭又有新焙制茶端来。

"兔子亭"主人是个谜一样的人物。四十五六光景，身体敦敦实实。虽然态度算不上热情，但不大说话；虽然固执，但不强加于人，性格非常理想。脖颈上有一道五六厘米长的刀痕般的伤疤。不过他几乎不谈自己的事。作为我只要东西好吃，主人的经历之类也怎么都无所谓。

"兔子亭"主人有个苗条漂亮的太太和大约是初中生的女儿。

我在附近路上见过两三次，但没有贸然打招呼。女儿夹着一把看样子够高级的装在盒里的小提琴。"兔子亭"主人和"兔子亭"太太和"兔子亭"女儿——看上去三人过得十分幸福。

不过，"兔子亭"里总是主人一个人干活。他一个人采购，一个人做菜，一个人上茶。他干活的样子从旁边看起来非常舒坦，干脆利落，没有着急忙乱的意味。

听别人说，"兔子亭"主人原本是个地痞，三十七八岁时忽然心有所感，彻底洗脚上岸，开了一家饮食店。为了避免和往日的同伙发生关系，店特意选在幽静的住宅街，不打招牌不做宣传，杂志采访也拒之门外，静悄悄地只靠口碑做生意。

当然，因为没向本人核实，真假不得而知。但听人这么一说，觉得蛮合乎情理。不过作为我——好像已重复几次了——只要吃到好吃的午饭就成，他原来是地痞也好什么也好跟我毫不相干。花一千日元能吃下这么够味的套餐的饮食店，恐怕满东京城都找不到。

一次我是下午一点半进店的，采购来的东西已全部用完了。我打了声招呼刚要回去，主人把我叫住："家常菜倒是有剩的，不吃

了回去?"随即把为自己做的煮芋头豆腐紫萁等杂烩菜、麦饭、大
酱汤和酱菜端了出来。杂烩菜很够味儿,在别处不易吃到,煮得恰
到火候,显然锅里放了很多海贝调味,沁入菜码儿的滋味浅尝即止,
爽净优雅,较之借味,不如说移香更合适。

"好吃啊!"我这么一说,主人简单地答了声"剩菜"。

这么着,我彻底喜欢上了"兔子亭"和谜一样的"兔子亭"主人。

LEFT ALONE¹（献给比莉·荷莉戴²）

现在是后半夜一点半。

不用说，外面一片黑暗。而且不是城市夜晚半黑不黑的黑，而是彻头彻尾的黑，黑得从窗口伸出手去，仿佛手指都能染黑。我家房后紧挨山坡，夜色绝对深沉，阒无声息。有月亮和星星出来的夜晚隐约浮现的四周树木，今晚也被夜幕包拢得密密实实。

两只猫在酣然大睡。看见酣睡的猫，每次心里都一阵释然。因为我相信，至少在猫安睡的时间里不会有太糟糕的事情发生。家人

1　意为"别管他"。
2　美国黑人爵士乐女歌手（1915—1959）。

不在，家中只有一人。而我此刻正伏案写稿。

后半夜一点半准时醒来写稿，实在是久违的事了。至少这一年来不曾有过。

向来早睡早起的我为什么这时候起来呢？这是因为我睡得太早了，后半夜零点半（即一小时前）一下子睁眼醒来了。不管怎么说，晚上七点四十就躺下也早过头了。

也罢也罢。感觉上好像给时差弄昏了头。

不过时不时来这么一回也不坏。如此深更半夜——猫也睡得正香的深夜——一个人孤单单地坐在桌前也自有一种氛围。

我去厨房拿来一瓶博若莱[1]，拔掉软木塞，连杯子一起放在桌上，然后把好几年没听的比莉·荷莉戴的唱片放在唱盘上，移下唱针。如此说来，近年来没听比莉·荷莉戴的唱片，莫非是因为没熬夜的关系？不熬夜的确不会产生后半夜两点半边吃糕点边听比莉·荷莉戴歌唱的心绪。

因是老唱片，一条一道有了伤痕。不，不如说伤痕累累更为确切。

1　一种法国葡萄酒。

我买这唱片的时候还是大学生，所以应该是十七八年前的唱片了。这是我买的第一张比莉·荷莉戴唱片。现在还出不出我不晓得，这张是宝丽多唱片公司编辑的《比莉·荷莉戴之魂》。A 面是 JATP 的现场录音，B 面是演播室里的名曲集（大和明氏选曲）。

我现在听的是 A 面。首先是《肉体与灵魂》（*Body and Soul*）和《奇怪的水果》（*Strange Fruit*）等极有震撼力的重量级歌曲，往下由《移动的灯光》（*Traveling Light*）而《他那样很好笑》(*He's Funny That Way*)，多少轻松起来，再往下以《我爱的人》（*The Man I Love*）和《Z，宝贝，难道我不适合你吗？》(*Zee, Baby, ein't I Good to You*) 趋向懒散，复以《全部的我》(*All of Me*) 加快节奏，最后以早有定评的《比莉的布鲁斯》(*Billie's Blues*) 压轴。对于唱片由《肉体与灵魂》开始这样的编排我多少有所不满（放在开头听过于有震撼力），但细细品听着这张唱片的演奏，我深深感到比莉·荷莉戴这个人何其了得！

比莉·荷莉戴有一时期被过于神化，使得我多少厌烦和疏远了她，但现在抛开无关紧要的外围事物而虚怀若谷地侧耳倾听其歌声本身，我觉得她到底是值得认真欣赏的出色歌手。过去我也认为她出色，但在年龄增加后重新听来，愈发真切地感受到她的不同凡响。

她的歌含有从身体的中枢自然进出的原浆那样的东西——那东西应该同我们的存在理由深深相关——是它压倒、包笼、迷醉、俘虏了我们听众。

我不太喜欢让音乐承受过多的意义，然而在倾听比莉·荷莉戴的歌声时，我有时仍会感到自己被突然掩埋在自己也莫名其妙的背景之中，不时思索那究竟是怎么回事。但归根结底，歌声就是歌声，再想也想不明白。

不过，假如存在着一种将比莉·荷莉戴的歌声同其他上百个爵士乐手的歌声截然区分开来的东西，那恐怕就是不妨称之为其时间性的多重性。一句话，她的歌声蕴含的某种要素乃是听者无论如何也无法理解的东西。它类似在抽屉深处等待发现的未启封的信，时候到了才会为人注意和理解。到了能够解读的时候，纵然不付出努力也会自然得到解读。

有这样的音乐存在我想终究是件幸事。年轻时屏息敛气反复听了无数次也未能最终明确把握的部分，此刻只要斜举着葡萄酒杯稍稍侧耳，甚至细小部位都如抖开的线团一般一览无余。如此看来，年龄增大也并非没有可取之处。

这张宝丽多版比莉・荷莉戴诚然不错，但我认为她最好的唱片是美国哥伦比亚唱片公司出版的三张一套的《金色年华》第1辑（*The Golden Years VOL.1*）。这三张六面唱片我的确常听不懈。如此反复听的唱片此外还不曾有过。神韵 (Verve)、肯曼多尔 (Commodore) 以及迪卡 (Decca) 的比莉・荷莉戴也都很好，但最出色的还是在超一流摇摆乐队伴奏下纵情歌唱的这张三四十年代哥伦比亚唱片中的比莉，充满青春活力，无懈可击，堪称奇迹。岌岌可危而又岿然不动，欢快得令人不由起舞而又哀婉得难以自已，马虎随意得令人吃惊而又不敢贸然接近。

特别是有莱斯特・扬[1]参加的录音带——《如果你微笑》（*When You're Smiling*）、《无力启程》（*I Can't Get Started*）——如倾珠泻玉一般美妙悦耳。如果往后有年轻人想听比莉・荷莉戴，作为我还是想从这套唱片开始推荐。有名的《奇特的水果》那时候的比莉・荷莉戴我觉得——说法或许奇怪——对于刚开始听的人未免有点危

1　美国黑人萨克斯手（1909—1959）。多次与荷莉戴一起演奏。

险。与之相比，神韵版半夜一个人听又有些过于忧伤。

　　时常走进放爵士乐的酒吧，里边有时候放唱的是神韵时代的比莉·荷莉戴。边听她的歌声——如《要么一切，要么全无》(*All or Nothing at All*)——边喝威士忌的时间里，感觉上恍惚自己一个人在重力不同的海底或什么地方行走。由于很深很深，无法爬到上面，甚至迈步都很困难，只好拿起杯子喝威士忌。

查尔斯顿[1]的幽灵

　　一本书上说，在查尔斯顿镇很难找出没有幽灵的世家宅邸。尽管说法不无夸张，但黄昏时分在查尔斯顿铺着鹅卵石的万籁俱寂的路上走起来，的确觉得好像有什么不可思议的黑影在精雕细刻的黑色铁门里或灯光幽暗的停车廊角落晃来晃去。夜晚的院落无精打采，巨大的橡树枝上如鼹鼠一样沉甸甸下垂的附生植物被河上来风吹着摇摆不定，百日红在暮色中若无还现。查尔斯顿便是这样一座小镇。一切都那么古旧，那么静谧，那么优雅。反正同样是出现，较之纽

1　美国南卡罗来纳州的港口城市，也是该州最古老的城市。

约市，幽灵恐怕还是出现在这样的小镇愉快得多。

　　查尔斯顿是一座顽固——顽固得有些过激——保留着南卡罗来纳州南部古老而美好的面影的海滨小镇。她以恰如曼哈顿岛的姿势位于阿什利河和库珀河合流入海的河口，是一座天然良港，殖民地时代就繁荣得有"小伦敦"之称，且因其军事上的重要性成为南北战争的起火点。对于《飘》的书迷们，说这里是巴特勒船长冲破封锁一举扬名的地方或许更好理解。

　　我虽然不是巴特勒的狂热追捧者，但在亚拉巴马州莫比尔的宾馆里看美国地图时，还是产生了无论如何都要去一趟查尔斯顿的念头，于是乘飞机一路飞来大西洋岸边。若问我为什么一定来查尔斯顿，我也说不明白。我的旅行大多是这样一种情形：目不转睛看地图，一觉得哪个地方不错，当即拍板赶去。如此做法有时正中下怀，有时也事与愿违。不过查尔斯顿正中下怀。这点从阿什利河桥头第一眼看小镇远景时我就明白了。水边葳蕤的绿草简直就像被一只无形巨手抚摸一样轻柔地摇动腰肢，林立的游艇桅杆四下里"咔嗒咔嗒"发出声响。海鸥和鹳（！）在头顶缓缓盘旋。街道保持着古老的品位，高楼大厦一幢也没有。走在街上，好几个人向我打招呼：

"How are you doin' today? [1]" 查尔斯顿就是这样一座小镇——"I'm just fine, thank you.[2]" 假如你是幽灵，是不是也想来这里而不去南布朗克斯[3]？

我投宿的旅馆也照样有幽灵出现。这是后来我从一本叫《查尔斯顿的幽灵》的书上知道的。书上说"幽灵每到夜晚就通过走廊进入楼上南侧的卧室，在那里消失"。幽灵的原形难以确定，一般认为可能是一个名叫塔尔班迪的女老板。这位女老板于十八世纪下半叶在这座建筑物里经营女子寄宿学校，可为什么二百年过后还深更半夜在走廊里走动呢？遗憾的是缘由不得而知。

不过，幸也罢不幸也罢，我未能住进这座幽灵出没的旅馆的主房，因为仅有的四个房间全部住满了。但旅馆的年轻主人沃尔特·巴顿（忘说了，旅馆的名称叫 Sword Gate Inn）让我住在另一座房子里，去那里要从邻居院子穿过，房子很豪华，带有专用游泳池。

---

1 意为"你今天怎么样"。

2 意为"我很好，谢谢"。

3 布朗克斯是纽约的一个区，有著名的动物园和植物园。

"这邻居家嘛，穿过时不用顾虑。"沃尔特边带路边说，"里面住的是一位退役将军，名叫威斯特摩兰，是我的朋友……"

"等等，"我插嘴道，"威斯特摩兰……可是在越南当总司令的威斯特摩兰？"

"正是。"沃尔特轻描淡写地应道。

如此说来，将军家院子的确有不少看样子从东南亚带回来的摆设、饰物之类。换个想法，比起塔尔班迪老板娘的幽灵，倒在印度支那大地的几十万几百万人的鲜血更有现实性。可是在这座优雅的查尔斯顿镇，说这些未免不合时宜，况且沃尔特这人非常友好，他说下周末要和朋友们一起坐大游艇去附近一座海岛游泳和开烧烤晚会，劝我也一块儿去。遗憾的是由于日程关系，我未能与其同行。不过即使不去海岛，在这镇子里慢慢游逛也足以让身心放松下来。大概这里的人们——住在这安静、漂亮、有格调的小镇的人们——几乎全然不晓得印度支那是怎样一个地方。事情总之就是这样。夜里十点半我在月光下的威斯特摩兰将军院前的游泳池里一边游泳一边这样想道。

查尔斯顿是能够吃到美食的地方。餐馆多得很，味道以美国水准衡量也相当不俗，一般不会叫人失望。

我喜欢上了女王路上一家名叫"普干兹游廊"的南部风味海鲜馆，晚间在此吃了几次。尽管热得一塌糊涂，温度高达一百华氏度，但里面的空调不怎么制冷。天花板上有一个吊扇，一圈圈地搅动空气，我们在下面吃油炸鲇鱼。鲇鱼这种鱼非常鲜美，味道和鳝鱼相似，但比鳝鱼略 thick（浓）。店里的名菜是用母蟹做的查尔斯顿海蟹汤和花生黄油饼，做得的确够味。除此三样，还有蘑菇炒肉、克里奥耳[1]河虾、色拉和咖啡，加起来不到二十美元，相当便宜。

还在此吃了一道名叫"海豚草原风"的菜，味道很别致，好像松鱼和鲑鱼加在一起做成的，脆生生的，味道甚是了得。不过用的不是真正的海豚，大概是名称和 dolphin[2] 相同的鲯鳅吧，因为无论如何也不能想象美国人会吃海豚。

---

1 美国路易斯安那州的法国、西班牙移民及其后代。
2 海豚。

在"普干兹游廊"把这份多得过量的套餐填进肚子之后，我沿着丘吉路朝阿什利河走去。轮廓过于清晰的月如银制手工艺品一般，镶嵌在夏日柔和的夜空中。我在河边坐下，让风拂去葡萄酒带来的醉意。

南卡罗来纳州查尔斯顿——我现在位于这里。并无特殊缘由地来了，坐在百日红树下，一如已经办完预约手续的沉默的幽灵。

无人岛上的辞典

常有这样的设问：如果只带一本书去无人岛，那么你带什么书呢？何苦非去无人岛不可呢？由于个中原委和情况未交待清楚（被流放还是自愿去的？不至于有人自愿去哪家子无人岛吧），因此很难说是好的设问。不过也罢，这种话细说起来没完。那么去无人岛带什么书呢？

我带自己写的小说去。每天拿在手上，"啊，这里不行"、"这里这样改好了"……如此用圆珠笔吭吭哧哧写来划去，估计很能消磨时间。当然　，这样干上一个月，说不定变成完全不同的另一本小说。这么一想，觉得不如不带什么书去，干脆自己三下五除二写一本岂不更好？在这点上，小说家这号人就来得便利了。一章又一章编造下去，无聊时可以给猴子念上一段："明彦用手指轻轻蹭了一下得天独厚的白肚皮……"

问题是，很难认为图谋把我流放到无人岛的人会友好得允许我携带纸和圆珠笔。

"喂喂喂，不行的，跟你说。那东西不能带去的。又不是把你关进山顶的宾馆，是去无人岛。这个区别你可得弄清楚！"说罢，连纸带笔一把抢走。

如果这样，我就选一本外语辞典，法语也好英语也好汉语也好希腊语也好哪个都好。不过要选有相当厚度的像模像样的辞典带去，花上几个月以至几年时间把那门外语彻底据为己有，直到无聊时可以用法语念给猴子听："明彦用手指轻轻蹭了一下得天独厚的白肚皮……"

无人岛如何且不说，反正我是相当喜欢辞典这东西，有时间而又没什么可看时，常常一骨碌歪倒看英日辞典什么的。辞典是非常有趣有人情味的物件，学习和工作当中使用它时固然表情呆板不易接近，仿佛在说"我乃辞典"；但若离开书桌一步，在檐廊里和猫一起躺着随手翻阅，它也轻松下来，开始现出另一副表情："哎呀，

Little things
Please
little minds

这话可只对你说……"比如，例句一个个看起来就有不少意味深长的，令人击节赞赏，甚至觉得自己的人生观（尽管相当苍白）相当大一部分就是建立在英日辞典例句上面的。

《读者英日辞典》"little"这一词条中有个例句说"Little things please little minds"，看了就不由点十下头："是啊，确实如此。"译成日语为"小人悦于小事"。说得浅显一点，就是"无聊的人为无聊的事欢喜"。

不过若加进我的意见，那么就是说无聊的人在为无聊的事欢喜的同时，还为无聊的事气恼。所以原则上我不大相信为莫名其妙的事而高兴而感激之人。假定有人因为我说了"那不至于吧，怕是错觉吧"而热情夸奖我。世上最危险的就是这类人。我以为被他夸奖了自己就没事，岂料他很快就为莫名其妙的小事气恼起来。作为我，那是纯属消耗。对方是不是 little mind 姑且不论，但若是为 little things 而高兴的人，我是不想与之交往的——这是人生铁的原则。话虽这么说，我自己也会为 little things 而喜不自胜，真个无可救药。

另外——在我哪篇小说里也用过——"即使剃刀里也有哲学"也是我顶喜欢的格言式例句。高中时代看的时候就点头称是，那以来一直铭刻在脑袋里。遗憾的是准确的英文忘记了。总之就是说"即使再微不足道的事，只要天天坚持下去，也自有哲学从中产生"，但这样讲听了难免不以为然，若是讲"即使剃刀里也有哲学"，就会"唔"一声被其说服。其关键在于把"剃须"这一日常行为和"哲学"联接起来了，使得我每天早上剃须时也会不知不觉思索其中的哲学内涵。我总是先剃鬓角，然后剃下颏，最后剃鼻下的胡子，没准这种顺序里面也能觅出哲学的萌芽。如此思索起来，纵然有（有的吧）思想家在川久保玲的服装里发现哲学，恐怕也是毫不奇怪的当然之事了。

对了，我认识的一个人说每天都刮胡子简直烦死了，若生为女的多妙，较之刮胡子，来月经倒更好些。把这个说给一个女孩听，女孩因月经异常厉害，遂曰"我可是宁愿刮胡子也不希罕月经"。问题是就算他们在这上面意见一致，也什么都解决不了，够伤脑筋的。人这东西只能背负各自的重担生存下去。即使月经里也有哲学。至于什么样的哲学，我倒是有点想象不出。

再看"candle"这个词条（现在"啪"一声胡乱翻开一页），有个例句说"You can not burn the candle at both ends"——"你不能

在蜡烛两端点火"。就是说，不能同时做出相反的行为。可是，不知恐惧为何物的格言破坏者哈勃·马克斯在一部影片中居然胆大妄为地果真在蜡烛两端点了火。格劳乔批评哈勃的胡闹："你这个傻瓜蛋，You can not burn the candle at both ends。"不料哈勃果真从他那件超大斗篷里拿出一支两头带芯的蜡烛点上了火。这样的噱头看字幕是看不明白的，也就是说不知道这则格言看了也索然无味。一有机会，哈勃就把这样的惯用句打得体无完肤。

如此一边不着边际地想东想西一边悠悠然翻阅辞典相当不坏。坐在檐廊里喝着海带茶干这活计，心情已入老年。从 plod 看到 plummy，蓦然抬头，天空横着一条像用毛刷曳出的秋云……不过若电气列车上有看辞典看得入迷的年轻男子，我觉得未免有点儿可怕。

钟表之死

我家共有十五六个钟表。手表、座钟、闹钟……各式各样的钟表在家中各处恪尽职守，"嘁嘁"地刻录着时间。

关于何以有这么多钟表，以前我曾在哪里写过，这里就不涉及了。总之是钟表多多。若在以前，每日仅逐个上发条就是一场折腾，但近来的钟表几乎全是电池式，即使不理不睬也能独自走两年，省事、潇洒。虽说同在一个屋顶下，钟表走钟表的，我们活我们的，但——怎么说呢，关系还是相当之"酷"。

往日——或许不如说不久之前——不是这样子的。给钟表上发条和刷牙、喂猫、早上看报是同一种类的和生活密不可分的日常行为，我们通过上发条而同钟表互相接触。在那样的时代，夸张一点儿说，钟表乃我们家庭的一员。父亲拧古旧的瑞士表发条，母亲用蝶形铁具拧挂钟发条，小孩拧闹钟发条。这是水到渠成的行为，无须一一想着记着。视线一落到钟表上，我们就条件反射地大拧特拧。说也奇怪，以前钟表常和眼睛碰在一起，近来则无此事了，当然，每天我们也看钟表，但"碰"的感觉没有了，一如关系虽好而激情熄灭的一对恋人。

上发条虽说麻烦，却是一种自有其实在感觉的行为。随着发条"咔哧咔哧"的拧动，原本松开没人管的东西渐渐聚敛成形，最后紧绷绷合为一体，此乃小小的交易仪式：我拧紧、你走针。而只要我们拧紧，钟表起码乖乖走上一天。

不料以某一天为界，形势彻底改观。微型高性能电池开发出来了，即使听之任之，钟表也能连走几年。再不用拧发条了，它们说，你从拧发条当中解放出来了。于是我们逐渐远离了拧发条行为。

可是，如同任何现象都包含反论一样，电池钟表的便利性中也存在着唯其便利才有的缺憾。那便是——大家想必也经验过——某一日电池突然耗尽，钟表来了个sudden death[1]式死亡。死得非常彻底，一无征兆二无呻吟，注意到时早已呜呼哀哉，使尽浑身解数也无法起死回生——除非更换电池。

或许你说如此遭遇两三年才发生一次，较之日复一日拧发条的不便根本算不得什么。对此原则上我也同意，我绝对不是主张今不如昔的怀古之人。我想说的是，在电池钟表之死里边，似乎有某种沉甸甸凉瓦瓦的东西在。正因为几年停一次，其死亡才更加令人想到宿命的无可避免。早上醒来发现床头钟的指针纹丝不动（或数字显示有终止寝），对于我每次都是个不小的冲击。钟表之死就这样笼罩在简单的沉默中，一如黎明时分白色的月亮。

我得到她一块表是去年夏天的事。我们（我、我的老婆、她、她的夫君）偶然同时去夏威夷，决定合租几天毛伊岛上的别墅。车也好别墅也好都是四人合租便宜得多。我们同代、同校，她和我的老婆是老朋友，互相知根知底。

---

1 部分球类进入加时赛时，以领先一分即为获胜从而结束比赛的方法，即"突然死亡法"。

　　当时她有一块旅行表。是航空公司作为广告商品赠送的不大的模拟式表，对上刻度，可以知道世界主要城市的现在时间。我总是为计算时差伤脑筋，遂说"这玩意儿挺方便"，（一副很想得到的样子）看着那表，于是她接口道："那好，两个给你一个。"这么着，那个旅行表就成了我的。平时作闹钟用，外出旅行必定带在身上。

　　从夏威夷回来一年她去世了。死得很突然。迄今为止已有为数相当多（作为和平时期是太多了）的同代熟人、朋友先我而去，每个人的死都同样令人悲痛，而三十几岁之人的死所带来的悲痛又和二十几岁人的死有所不同。老实说，较之悲痛，最先感到的是懊悔——以前也曾遭遇各种险情，但都好歹挺过来了，而现在却……不过，这样的心情恐怕只有同代人才能理解。

　　她和世上大多数女性一样，是个多少保留着少女情怀的现实主义者，喜欢真诚的言词和美味的菜肴，听"沙滩男孩"和安东尼奥·卡洛斯·乔宾[1]的音乐一直听到八十年代。另外，借我老婆的话说——抱歉，像是鞭挞死者——人很小气。不，准确地说不是小气，花起钱

1　巴西作曲家、钢琴家（1927—1994）。

来也蛮痛快的，只是较之给别人东西，对拿别人东西更为欢喜。所以，那块表并非她主动给我的，是在她夫君催促下（"有两个，就给他一个嘛！"）才不大情愿地给我的。作为还礼，本想找一张她喜欢的沃尔特·旺达雷的稀罕唱片送给她，不料没等找到她已离去了。

总之，一天早上起来，这个女孩（在我眼里，即使三十七岁的同代女性也都是女孩）给的表已经停了。肚子饿了的猫"喵喵"地把我吵醒，"啊，现在几点了呢，"这么想着一看枕旁的旅行表，指针正好停在后半夜两点十五分。

给猫喂了食，一边为自己煮咖啡一边想：这么说来，那孩子已经死了不在了啊！简直就像给她的生之余韵划上句号一样，表陡然止步了。

"狭小的日本　快乐的家庭"

近来在街头散步，看见路旁有一块标语牌写道"创建父母子女无话不谈的快乐家庭"。噢，父母子女无话不谈的快乐家庭？不以为然地走了过去。但后来总觉得说法有些别扭（我这人生来较为注意小事），第二天又从标语牌前走了一次。原来是本地小学生标语比赛的入选作品。不过并非我吹毛求疵，作为小学生写的标语实在枯燥无味。平庸、呆板，全然感觉不出童趣。无非是脑袋捏造的、用单词罗列成的空洞句子。当然，与其说问题在于写的孩子，莫如说更在于筛选的教师。孩子们难免迎合如此筛选的教师，遗憾。

这且不说。那么父母子女无话不谈的家庭果真是快乐家庭么？我站在标语前陷入了根本性的沉思。这样的标语有时候要求人进行根本性的思考。我想，家庭这东西归根结底是一项临时安排，它不是绝对的，也不是恒定的。说明白些，是属于过路性质的、不断变化推移的东西。家庭可以通过认识这种暂定性的脆弱和危险而把每个成员的自我富有弹性地容纳进去。如若不然，家庭只能沦为毫无意义的僵化的幻想。所谓家庭，可以说是富有弹性的自我的 zero sum[1] 社会，我个人是这样考虑的。所以我想，认为父母子女之间毫无隐瞒地无所不谈的家庭才是完美的想法，实在是过于单纯和片面的。

当然，如果家庭所有成员都疑心生暗鬼，我也认为的确不妙。不过，互相之间多少有点秘密也是未尝不可的。明确识别什么事该说什么事不该说，对于自我的社会化应是一项相当重要的能力。以无话不谈为善的想法未免带有强制性，一开始就没有把家庭应有的弹性考虑进去。对怀有如此想法这件事本身，我无意否定（这当然是个人自由），但作为标语强加于人恐怕就另当别论了。

说起来，在外国住过一段时间返回日本，不由感叹日本这个国

1　得失合计为零的零比赛理论。多指经济低增长的社会状况。源于美国经济学家沙劳的专著《zero sum 社会》。

父母子女无话不谈的快乐家庭

爸爸，我和他进情爱旅馆了

唷，真有你的

家是何等的喜欢标语。外国一般看不到标语，标语如此之多的，据我所知惟有日本。如此想着再环顾四周，发现日本从南到北到处是标语，而且大多是不知作何用的奇异而费解的东西。不仅没有用，而且不少是逻辑不通、缺乏语言品位。就拿父母子女云云这条标语来说，把这牌子竖在路旁，莫非以为有什么效果不成？我看没有。当然喽，世人形形色色，对于十万分之一的人或许不无效果，但也不必为此专门集中小学生搞比赛吧。毫无意义可言！丸谷才一[1]曾经在什么地方写过一篇文章，说让小学生写诗是无意义的，我则以为让小学生写标语的无意义更有过之而无不及。

　　另外走路时常常见到的"祝愿世界和平"的标语也让我莫名其妙，全然不能理解。当然我也希望世界和平，在这个意义上对标语的主旨不存异议。斗胆说来，也可以质问："难道地球好了就行，而宇宙怎么样都无所谓？"但那样未免过于钻牛角尖了。所以我对主旨完全赞同。问题是把这种牌子竖得全国到处都是，又能有什么具体效果呢？难道人们看了就会把"祝愿世界和平"的主张输入脑

1　日本当代文学评论家。

袋并依此行动，从而和平光临世界、人类变得和平了？会有这样的可能性？可以断言：没有。绝对不可能有。为什么呢？因为这个世上不希望世界和平的人一般不会有（有也不至于看一眼标语就幡然醒悟——"噢，世界必须和平才对"），再说就算把这东西输入脑袋也产生不了什么新的具体效果。举个极端的例子：希特勒在某种狭隘的意义上也是希望世界和平的，只是他认为那应该在日耳曼雅利安民族狂热的价值观主导下达成，于是战争当然也就来了。他的世界认识本身都是乱作一团的。

总之我想说的是，事情不是只要让人们怀有世界和平的愿望就能解决的，需要的是对世界的共同认识和具体而详尽的行动原则，否则一切都无从谈起。

我将此类没有行动原则的空泛的（而又不好反驳的）主张称为"奥特曼（Ultraman）[1]式主张"——若是奥特曼，他瞧见后也许会下决心非让世界和平不可，但除此之外，此类主张不会有任何效果。然而此类标语委实非常之多，多得令人忍无可忍。"创建没有犯罪

---

1 日本电视剧和漫画中的超人。

的文明社会"啦，"目标：交通事故死亡为 0"啦，全然闹不清特意打此旗号究竟所图为何，光看都觉得滑稽透顶。无非浪费资源人力、污染市容罢了。

再有就是瞎操心的标语多，这个也让人看了不舒服。比如那个最有名的"狭小的日本，那么着急去哪里"，纯粹是多管闲事。问题首先是：日本狭小是谁判定的呢？不错，同西伯利亚和撒哈拉沙漠相比是很狭小，可从我的实际感受来说，国家够宽敞的了。东京就相当不小，连山手线我都有不少车站从未下过。劈头一句"日本狭小"首先就让人费解。认识片面！其次，说小国之民就不能着急也成问题。不论是谁，不论住在哪里，都有着急的时候，而那种时候无论谁说什么，都觉得道路漫长、世界广大。当然，我也反对车速过快，但因此而把这种语感别扭的标语撒满世界难道就对吗？此类瞎操心标语的数量以警察方面为最，且几乎全都别扭得无可救药又无济于事。一次我在山梨一带见过这样一条标语："别开太快，死了玩完。"看得我越想越憋气，越想越沉重。或许这也是日本官僚组织的本质所使然，不仅瞎操心，还粗俗不堪。反正我不认为世上的驾车者看了这等标语会放慢速度，他们要么是不当回事，要么是一笑置之。何况措词本来就是浅薄的俏皮话，看过几次就无动于衷了。而这样一来，往下惟有厌烦而已。日本警察的公益广告不仅语言感觉极度迟钝，而且总有居高临下之感。

可能我是对无可无不可的事——抱怨得太过头了，可是请你想想好了——即使有一天日本全国现有的标语海报之类一股脑儿揭掉扔进了大海，也不会有人因此而为难，绝对！犯罪也好，事故也好，欺小凌弱也好，选举弃权也好，渎职也好，强奸也好，酒精中毒也好，吸毒也好，统统不会因为有标语而减少，反之也不会增多。一句话，那种劳什子大半毫无用场毫无益处，甚至连信息都不是。那为什么还守着不放呢？我们需要的是更有用的信息。有制作张贴那种百无一用的标语的工夫，为什么不能在城市里充实一些更准确更醒目的道路标识和门牌号码呢？我不是说气话，完全是纯朴的疑问。

反过来，我最想贴标语的场所是情爱旅馆的房间——"真的非干这种事不可么？""干完了心里空落落的吧？""总是老一套吧？"真想把这种瞎管闲事的标语贴满房间。看的人想必快快不快。

司各特·菲茨杰拉德和理财技巧

若让我选出三个我喜欢的作家，我可以马上回答：司各特·菲茨杰拉德、雷蒙德·钱德勒、杜鲁门·卡波蒂。这三个人的小说我差不多津津有味翻来覆去看了二十年。要长时间旅居外国时，旅行箱里必装这三个人的小说，看多少遍都不会失望。若让我另加两位，就加福克纳和狄更斯。这两位作家相当适合旅行的时候读，尽管有几个地方若非旅行很难读得下去。

说起菲茨杰拉德、钱德勒和卡波蒂的共同点，恐怕无论如何都在于他们生活上不很地道。即使保守地说，这三个人也很难认为是情绪稳定之人。卡波蒂极其神经质，以同性恋和不时有之的怪异行为闻名。钱德勒同年长二十岁之多的妻子过着奇妙的婚姻生活，且酒精中毒。菲茨杰拉德同样酒精中毒，经济观念是零，死时负债累累。他们都和我的人生有很大区别。同他们相比，我的私生活看上去如马克债券一样坚挺牢固。然而不知何故，我几乎宿命一般地喜欢这三个人的小说。

不过，我和司各特·菲茨杰拉德有一个相同点——不喜欢食利致富。说得现代一些，就是不懂"理财技巧"。这点我实在做不来。炒股啦换金子啦买地皮啦，一想都头痛。感觉上好像脑浆缩水、空气流通不畅。老婆时不时对我说："喂，买点国债怎么样？"我因为一窍不通，遂搪塞道："看着办好了，看着办。"于是老婆说："你不是男的吗？"男的倒是男的，但男的就天生精通世界经济不成？老婆对花钱倒不讨厌，但在如何增值方面也不怎么擅长（可气的性格）。结果我家的经济状况无论何时总是混乱不堪，总是没头没脑地扔着没人管。

说是一个模子里刻出来的未免不自量，不过司各特·菲茨杰拉德也绝对是个不擅于储蓄和理财之人。泽尔达和司各特夫妇反正有钱就随便花。二十岁刚出头就成了超流行作家，没有人生体验，经济观念简直提不起来。司各特命中注定是个虚荣鬼，泽尔达是从来不缺钱花的任性的千金小姐——可以说两人是最糟糕的组合。钱总是左手进右手出，转眼花个精光，正所谓挥金如土，不够的话就从出版社预支。出版社因为想要得到稿子，讨多少就预支多少。如此这般，债款便滚雪球一般有增无已，存款则分文皆无。这是二十年代司各特·菲茨杰拉德人生的基本样式。前景不言自明。

当然我没有那么大肆挥霍，但没有巧妙运用也是事实。我身边就有人大概对我财政知识的贫乏感到不忍，给了许多友善的忠告。他说："喂喂，小说那玩意儿是没准的东西，不趁现在好好投资要坏事的！"说没准也的确没准，身体好能写的时候自然无所谓，而一旦身体出毛病就什么保障都没有。"钱怎么运用？银行存定期？开什么玩笑，如今这超低息时代怎么好那样！现在正是赚钱的时候。现在不赚什么时候赚？"

这么着，他劝我买单间公寓。单间公寓简单、稳定、没风险。反正就是要搞不动产，因为纵观战后以来，地价没有跌过……经他这么一说，我觉得那倒也是，大概是那么回事。若是单间公寓，我也不是买不起。于是听其劝告一起去看公寓。此人十分了得，仅东京城内单间公寓就有七八处，堪称单间公寓权威。照他说的做应该没有闪失。因而去看了他建议买的对象。

那是位于麻布坡路下的三十多平方米的单间公寓。乘立柜大小的电梯上到五楼。房间长得出奇，一张床几乎可以放满的卧室，和必须并坐才能用餐的餐厅兼厨房，加一个俨然洗拖把水桶的浴缸，这就三千万日元——一九八五年的事。"我喜欢不来，这玩意儿就三千万太荒唐了。"我说。"我也那么认为。"老婆道。"喂喂喂，又不是你们二位住在这里嘛！"他说，"这纯属投资，不是房间，跟股票一码事。你会介意股票的颜色和图案？无所谓喜欢不喜欢。这会升值的，我敢保证。买嘛！"

但终究我们没买那公寓。不管他说什么，我看不出它是股票。那是一个房间，是人可以生活的空间。自己看不顺眼的东西不出钱买，这是我俩的信念。这么一说，他瞠目结舌，自那以来大凡财政忠告都不提了。肯定是笑我们傻瓜蛋。

我们的确是傻瓜蛋。

因为，结束八个月的旅欧生活回国一看，地价的涨速堪称发疯，那个单间公寓的价格轻轻松松跨过了五千万。如果我们买下，仅一年半时间就差不多赚了两千万。

"依他说的买下好了！"老婆叹息道。

"那是啊！"我也同感。

可是再碰上同样情况，我想我们还是不会买那个单间公寓的。这点我们十分清楚，因为横竖喜欢不来。这么说好像是自充内行：正是因为一些人和公司作为投资大买不动产，东京的地价才疯狂上涨（甚至政府都在玩理财游戏），而把普通老百姓逼入了苦干一辈子都无法拥有自己住宅的惨境。无论怎么看这都不是正常社会。若有人以为这是正常社会，那么他就不是正常人。

没赚上两千万固然遗憾，但说老实话，哪怕再有暴利，自己都不想住的房间我们也根本不会买的。与其在这上面动脑筋费神经，还不如一行一行写小说去，无论它多么"没准"。于是我想，时下夫妻两人大致吃得上饭不是挺好吗？往后的事往后考虑不迟。总之就是嫌麻烦，生性就不适于生财获利。不是我自命清高，只是缺乏那种才能罢了。

好了，话再回到司各特·菲茨杰拉德上面来。他是全然没在一九二九年那场严重经济危机中遭受损失的少数美国人之一，因为他根本不拥有可受损失的财产。生逢二十年代那个前所未有的黄金时代而又赚了那么多钱的他几乎半点财产也没留下，除了小说一无所有。

　　每次想到司各特·菲茨杰拉德我都深受鼓舞。当然就经济观念来说，我至少比他略胜一筹。

我为什么不善于写杂志连载

我想我是相当急的急性子。性子急，没耐性。

不说别的，吃东西速度就够快的，没办法慢慢享受餐饮的乐趣。若勉强放慢速度，就对吃饭这一行为渐渐生厌，觉得似乎在白白耗费人生的宝贵时间（宝贵到什么程度自是无法解析），火气开始上升。当然，去怀石料理[1]或意大利风味的饭馆时，因为有精神准备，倒还不至于如此，但日常吃饭我想自己算快的。喝酒速度也快得可以，不愿意没完没了。不怎么能喝，大多时候一个人三两下乘兴喝完赶快躺倒睡觉。总之不妨说是不懂情趣的性格。

1　以茶道方式品茶前吃的简单饭菜，但比较考究。

而且，吃完马上就洗碟刷碗，讨厌吃完了拖拖拉拉把脏碟脏碗摆在眼前不管。所以几乎与吃完同时起身把餐具拿去洗涤槽，顺便刷洗干净。讲究快。收拾完即进入下一项作业，或写稿或刮须或打扫房间。不习惯饭后歇口气慢悠悠喝茶。慢悠悠看报也不愿意，报都没订，因为订了无论如何要沉下心看完。常见小孩子吃完叫一声"吃完了"就径自跑去门外——我基本与此相仿，没办法老实待着不动。老婆看样子早已对我听之任之，但有时候还是来气。吃完我刚要撤餐具，她就大声喝斥——"喂喂，你不干也没关系，好好坐一会儿嘛"，"那盘别拿走，还没吃完呢"。她是想在饭后歇息的片刻说点什么。

我也觉得抱歉，可我实在不习惯那样。我也努力改过一阵子，坐在餐桌前闲聊院里什么树上结了果却给什么鸟飞来吃了，但五分钟一过身体就不知不觉躁动起来，不是拿餐桌上的铅笔在便笺上画五角星，就是拿橡皮筋拉来扯去，总好像静不下心。

也不是因为对方是老婆才这样，同别人一起吃饭也大体如此，始终如此。即使同女孩吃饭、饮茶，也没办法在那里多坐一会儿，总是马上提议"那，出去吧"。若问出去有什么事，也没什么特别的事。我喜欢走路，边走边说比较沉得住气，所以老婆有什么事要说必定拉我去散步，在某一带漫无目标地走一两小时回来。腿脚不结实的人陪不了我，不是开玩笑。

边走边和人说话，边走边想东西。我一般每天在外面走一个到一个半小时，走路时想很多很多事情。小说的事、家里的事、将来的事、物价、音乐、购物清单、希腊语动词变化，等等等等，反正没有想不到的。当然走路当中身体要受一定消耗，但作为我不释放那么多热量好像就无法专心考虑问题。身体累到一定程度之后才上来情绪：噢，该想点什么了！而不能够老老实实坐在哪里沉思默想。对于我来说，在精神上那大约类似汽车引擎的空转，总是安稳不下来。自己有时都觉得不可思议：这样的性格居然当起了作家！没准写小说这玩意儿真是一种强体力劳动。

一句话，性子急。

例如这篇稿子就是距交稿期限还有好几个月就写出来了。只要一想到交稿期限就心慌意乱。写这篇稿的此时此刻嘛，呃——，一九八七年八月二十一日上午十时。怎么样，厉害吧（注：此稿载于 *High Fashion* 一九八七年十二月号）？提前这么多！迄今为止，交稿一次也不曾迟过。我把必做事项一览表贴在写字台前面的墙上，做完一项划掉一项。哪怕剩一点点都心里不踏实，干不成自己想干的事，只好先逐个消灭干净。总之非把有截止日期的事项变成零不可。所以我实在喜欢不来连载，光有连载这一点就让我长期心神不定。唯独 *High Fashion* 这个连载，由于编辑可怕，才像蹲"章鱼棚"[1]似的一点一点断断续续坚持下来了。

[短信息]文化出版局的女士不能光看外表，实际上甚是坚忍不拔令人生畏。毕竟经常搬运时装什么的，个个身强体壮。编辑部几乎清一色女士，说话也够粗声大气的："快干快干！"干职业摔跤比赛都不在话下。之所以看上去漂亮，一来由于化妆精心，二来由于能以厂家处理价添置衣服，如此而已。因为时不时心血来潮请我吃一碗炸虾面什么的，不想过于说她们的坏话。但这不是开玩笑，确有其事。[短信息结束]

1　条件恶劣的工房（原指日本北海道被强迫劳动者的宿舍）。

我性急的例子是举不胜举的。不光吃饭速度快，吃饭时间也比一般市民分别提早一个小时：早饭五点半，午饭十一点，晚饭五点半。等不到一般人吃饭的正常时间，故而吃饭时间"咕噜噜"提前了好多。住旅馆什么的也特伤脑筋，从五点多起来到开饭时间的两个多钟头里，饥肠辘辘又无事可干，情绪十分沮丧。老婆说既然那样就前一天晚上买好饭团或面包得了，可问题是干嘛可怜巴巴住旅馆还一大早就啃哪家子面包。反过来吃饭时间早也有好处：可以避开上班交通高峰而总在空荡荡的餐馆里从容不迫地进餐。这不妨说是急性子的妙用。

约定见面的时间也不至于迟到。一般提前十五分钟或二十分钟出现在约定场所，在那周围游逛以消磨时间。大多时候是去唱片店或书店，有时也看服装，回过神来已经进入杂货店细瞧锅碗瓢盆的时候也有。至于为什么特意看那东西，我也说不清楚，不过偶尔认真看一回也是乐事一桩，会有始料未及的发现。

如此这般，我非常喜欢多出来的一点时间。那简直就像给予人生的格力高。因为性急而产生多余时间，而这种时候又得以优哉游哉度过一小段心平气和的时光，煞是有趣。

CAN YOU SPEAK ENGLISH[1] ？

英语口语我不太擅长，或者不如明确说相当不擅长。

我搞了不少翻译（呃，实际已出了十本译作），近年又大半时间旅居国外，因此世人以为我口语大概也够厉害。其实不然。说来不好意思，简直提不起来。有什么事必须见外国人说英语时，从一大早就觉得胸口透不过气。

不过细想之下，作为我决没什么不自然。因为就连日语我都讲得笨嘴笨舌，亲朋故友倒也罢了，而若在很多人面前讲话，话语就很难顺利出口，紧张得声音都像划玻璃似的，以致信口道出莫名其

---

1 意为"你会讲英语么"。

妙的话来，错也出得乱七八糟。电气列车吊悬广告上常有"说话笨拙没有让你吃过亏吗"一类字眼，而我就大体处于那种状态。日语都不能畅所欲言之人，英语又如何能口若悬河呢？无论谁怎么想这都是极其顺理成章的事情，是吧？用日语唱歌五音不全的人用英语也五音不全，二者岂非同一道理？

在英语口语练习方面，日本人的根本误区我想恐怕就在这里。口语这玩意儿天生有擅长的和不擅长的，口语不擅长的人再怎么想练好英语口语，进步也是有其极限的。因为这是生活姿态问题，一如写不好日语文章的人再努力写英语作文，进步也自有其极限。

可是世上不少人似乎都把外语口语作为可以后天掌握的纯粹技术来把握，以为只要熟悉相应的规则、背下必要的单词、矫正好发音、积累了实践经验，谁都能练好英语口语。正因如此，大街小巷才涌出那么多英语口语培训班，书店里才山一样堆满了书刊和录音带，可讲一口地道英语的人士又很难找出。我可以断言：在坊间英语口语培训班里掌握口语是不大可能的。

当然掌握的人未必没有，但那若非特别好学之人，恐怕就是语言、口语方面有独特天赋的幸运儿。对于此外的普通市民，口语培训班那玩意儿说白了——或许能训练大脑——无非浪费学费浪费时间而已。我倒不是要妨碍英语口语培训班的经营活动，但以我迄今的所见所闻来看，我所说的大体无误。

那么怎么做才好呢？怎么做才能讲好英语呢？这个提问很难回答。我本身都讲不好，自然没办法回答。况且，若有办法回答，我首先就变好了。只是，以我的经验说来，外语这玩意儿在非讲不可的情况下是可以在某种程度上讲好的。反言之，无此重压就不成。结论虽简单至极，却是不争的事实。我想象，倘有非说不可的必要，人体内就会溢出特殊分泌液那样的东西，从而集中注意力使得外语的掌握成为可能。这有无科学根据不能确定，但从经验角度说，较之道理，必要性才是掌握外语的最重要因素——这么说我想基本不会错。

那么，在今天的日本，需要多少必须真正具备英语口语能力的人呢？我估算不出。比如在贸易公司、宾馆、航空公司以及外企工作的人，无论如何都有此必要，这个我也明白。可是如果我那在文京区千石当普通主妇的小姨子（三十五岁）突然跑去英语口语培训班，老实说我就有些费解了。理由或许是"在路上有外国人打听什么不好办嘛"，而这是否能称之为"必要性"则大可打个问号。若说"日本也国际化了，还是有这个必要的"固然不无道理，但同时我又认为偶尔给外国人问一次路，道一声"I'm sorry, I cannot speak English（对不起，我不会英语）"也没关系。毕竟被外国人问路三年才有一回，不是吗（顺便说一句，这十年来我在日本被外国人问路仅有一次）？而为这个专门跑去英语口语培训班，时间的用法岂不相当不经济？有这个时间，做些对人生更有益的事岂不更好？不过，别人有别人的自由，不说也罢。

另外，时下流行的幼儿英语口语培训班也叫我不好明白。我外甥也搞了一点儿"Thank you very much（非常感谢）"、"you are welcome（欢迎你）"之类，真有那个必要不成？或许你说儿时学外语再有必要不过了，可我是全然理解不了六岁普通儿童何苦非弄到 bilingual（能讲双语）地步不可。日语都不伦不类的毛孩子就算表层上会一点点 bilingual 又有多大意思呢？恕我一再重复，若有那个才能或必要性，即使不去英语口语训练班，到了人生某个阶段也肯定会讲英语。关键是要明确自己这个人到底对什么感兴趣。真正的日语口语从那里开始，英语口语同样从那里起步。例如我高中时代总看美国小说，势必先从读写进入英语，继而一步步进入口语，所以到能开口花了相当长时间。一开始我就说了，我至今都无论如何不能说是擅长，讲得吭吭哧哧笨嘴笨舌，发音都一塌糊涂，有时还卡壳。但那就是我这个人。我有拿手的事，也有不拿手的事。这么一想，好歹顶住了心理压力。我们都是非常不健全的存在，凡事都得心应手是根本不可能的。世上有各种各样的人，每个人既有好的地方，又有糟的地方，既有擅长的东西，又有不擅长的东西。有人专门会向女孩子花言巧语，有人星期天干一手好木匠活，有人善于搞营销，有人适合闷头写小说。我们无法成为自己以外的人，此乃根本定律，但可以据此定律找到适于自己的模式。所以就口语来说，拿手不拿手另当别论，但各种各样的口语模式应该是存在的——拿手的人有拿手的模式，不拿手的人有不拿手的模式。

去外国就会明白，合得来的人即使语言讲不太通也合得来，而合不来的人就算语言呱呱叫也照样合不来。这是不言而喻的事情，可在当今日本汹涌澎湃的英语口语大潮中竟好像被忘到了一边。口语当然绝对需要技巧，但若没有自己这个人的实实在在的存在感，口语势必沦为句型和单词的死记硬背。而这样的口语能力无论意思多么顺畅，也是很难再往前迈进的，对这种没有外延性的口语能力我可是毫不稀罕。举个例子，小泽征尔尽管久居外国，但英语讲得绝对算不上流畅，不过，他却很能给人以信赖感。若问好在哪里我说不上来，可是有一种一听即让人自然点头称是的地方。反过来，英语虽然出口成章却难以叫人信赖的人也是有的。举例子会惹麻烦，就免了吧。

我最伤脑筋的是遇上知道我搞翻译的外国人。对方一般都深以为既然能够翻译，那么英语肯定讲得顶呱呱（在美国人眼里想必理所当然），因此每次都弄得我一身冷汗。以前去美国的时候，一次在明尼苏达州圣保罗观看以司各特·菲茨杰拉德为原型的戏剧（司各特·菲茨杰拉德是圣保罗出生的）。戏演完之后，一个主持人模样的人走上舞台并始向观众介绍："日本作家、同时也翻译司各特·菲茨杰拉德作品的村上先生今天光临剧场，有请村上先生讲几句话……"当时真个狼狈不堪。好歹简单寒暄几句正要逃下阵来，不料十多个人一齐举手，问起很难三两句说清的问题："村上先生，司各特·菲茨杰拉德文学在日本受到怎样的评价？"害得我恨不能一死了之。在日本就连日语我都一概不在人前讲，英语更不可能讲好，何况是相当深入的专业问题。

至于当时自己到底是怎么讲的，人们是如何理解的，已全然不记得了。感觉上似乎是借助了名叫"必要"的分泌物勉强应付下来，在没让善良的圣保罗市民陷入混乱的情况下离开了剧场。我决心在口语上多下点儿工夫便是在那之后。

所以，被外国人问路而丢人现眼其实算不上什么大事，不骗你。

牛排，牛排

有时馋牛排馋得不得了。

我本来不太喜欢肉，平素大体只吃鱼和蔬菜，但两个月总有一次脑海里忽地冒出牛排这个图像，死活挥之不去。而且，一旦这么想到牛排就馋得坐立不安。这大约是身体自然而然需求肉食所使然。问题是既非鸡素烧[1]又非肉末饼，也不是汉堡包、炸牛排、烤肉，就我来说偏偏是牛排。我猜想大概牛排这东西已作为"肉之符号"或某种纯粹概念输入了我的大脑，而当体内肉类营养成分不足之时便自动发出信号："缺肉咧！咕、咕……"于是那符号或概念就如

1　日本式牛肉（或鸡肉）火锅。又称"司盖阿盖"。

白鲸一样浮出了海面。

这么着，身体便时不时发痒似的想吃牛排。

我喜欢的是极其单纯的牛排。把正是时候的上等牛肉三两下麻利地煎好、轻轻淋一点肉汁（注意不让肉汁淌出），调味稍稍用一点儿盐末和胡椒——此外别无他求，便是这么单纯得不能再单纯的牛排。

遗憾的是，能让人美美地吃上这么单纯的牛排的地方整个东京城也找不到。求很多人介绍过，自己也物色过，却怎么都碰不上能以适中价钱轻松随意地吃上合我口味的牛排的餐馆。

我生在神户。众所周知，神户这个城市有不少牛排馆，因此小时候要在外面吃饭的时候大多是去吃牛排。当然，说改善也是改善，不过总有一种类似"就在附近"的随意感，而且牛排味道也同样有"就在附近"的随意性。过去的事了，况且终究是小孩子的味觉，不敢保证绝对好吃，但我至今仍隐约记得那种味道，认为牛排必须是那样的才对。至于门面堂而皇之、宣传煞有介事、格调超凡脱俗的东西，至少用在牛排上面我是不以为然的。

每次回神户，我都进牛排馆确认牛排成了什么味道，并且总这样想：神户的牛排就是和东京的不一样。

不是我偏向神户，不过总的说来同东京的牛排相比，还是神户的接近我的口味。做工单纯，有速度，也许是因为单纯才有速度。不管怎样，能让人产生怀旧情绪。简单说来，牛排这东西乃是不媚不傲不伪的"有男子汉气"的菜肴。

我在希腊住了半年，那期间常吃牛排，因为牛肉便宜得难以置信。头等里脊肉一公斤才一千日元，绝对便宜。在厚平底锅里放油炒希腊葱，将肉表面"刷"地煎个半熟，轻轻淋上酱油来吃。希腊葱这东西甚是了得，同牛排十分相配。一公斤肉吃牛排的话，两人可吃上三次。碎肉可做西式炒饭，剩下的可做鲜汤。这才一千日元。这么便宜，做起菜来可以随随便便，味道也相当的粗。在日本说起买里脊肉可是颇叫人紧张的。作为原则，我认为牛排这东西较之自己家里做还是在餐馆吃合适，惟独希腊风味的牛排至今让人怀念得不行。

此外记得的，是在美国佐治亚州亚特兰大吃的牛排，这个也很便宜。傍晚逛街时忽然想喝啤酒，走进眼前一家不大的酒吧，顺便点了饭菜。看菜谱，有"SURF AND TURF"，直译就是"波浪与草坪"。

虽然半懂不懂，但心血来潮地点了一份。原来是一只极大的黄油煎海虾和厚达五厘米的牛排，加足够量的炒饭，还带一大盘色拉——难怪叫"波浪与草坪"。不过量也大得实在离谱，遗憾的是不能给你看上一眼，反正正常人无论如何也吃不完。记得大概是一千五百日元。关键的味道也算是我所喜欢的单纯的那种，肉也嫩嫩的恰到好处。这么够质够量的牛排能在这普普通通的街头普普通通的酒吧中出现，不由大为惊喜，应该称为美国的实力才是。人们都说美国牛排光是块大而味道不好，其实我在南部吃的大多味道鲜美。作为配菜的炸薯片一咬"咔咔"脆响，多汁的牛肉用叉子一扎，肉汁都渗到两边的炒饭里面去。

这么写起来，渐渐想吃牛排了，难办啊难办。

美国小说常有吃牛排的场面出现，我读过的小说里感觉最好吃的是哈德利·蔡斯《没有布兰蒂什小姐的兰花》开头部分。小说本身也很有趣，但从另外的角度读这开头部分，每次都让人条件反射似的想大吃一顿牛排。遗憾的是书不在手头，无法引用，记忆中小说的开头是一个男子走进一家位于尘土飞扬的乡村路边的不怎么起眼的小餐馆。男子饿得发慌，让女服务生拿牛排上来，还细细叮嘱了一番煎烤的火候和配什么元葱。厨师用铁板煎烤牛排，炒元葱。炒元葱的强烈气味势不可挡地刺激起男子的食欲，他一边吞口水一边静等牛排端来。外面路上卡车一溜烟驶过，干热干热的太阳火辣辣地烤着大地。切斯简洁而粗犷的语言和男子的食欲以及"吱吱"煎烤牛排的香味巧妙地融合在一起，让人不知不觉被拖入了小说的世界。若换了炸肉饼，就没这个效果了。

反正今天得去吃牛排，一定。

ON BEING FAMOUS（关于有名）

　　"关于有名"——题目总好像不大像话。不过，希望不要一看这题目就骂我一声"讨厌的家伙"。我本来就已经像晚秋的松鼠，一个接一个怀抱着种种问题，不想再增加烦恼了。我这篇随笔是想把包围我的状况尽量准确地写成文字，如实地、冷静地。尽管我不知道能否顺利。

　　我如今是作家了，在如实而冷静的意义上算是有名之人。我愿意也罢不愿意也罢，反正就是这样。譬如走路时有不相识的人打招呼："对不起，是村上先生么？"所以我想我是名人了。普通人断不至于有不相识的人打招呼。至于有名到什么程度，这里先不作为问题。因为若把这个作为问题，谈起来十分啰嗦，所以我只就作为原则的"有名性"（fame）加以考证。

被不相识的人打招呼是很奇妙的事，因为交谈没办法展开。对方问"是村上先生吗"，我回答"嗯，是的"。没有其他答法，也没有能向前推进一步的必要话题。为什么呢？因为交谈的中心仅限于我是不是村上春树。一般情况下我回答完"是的"交谈即告结束，哪里也抵达不了。大多数时候对方不知再说什么好，我也全然不知。十有八九稀里糊涂道一声"再见"、"啊，再见"，就此分开。委实莫名其妙。我无论如何——即使多少年以后——也适应不了。我很早以前就了解我这个人，作为头感，我全然不能理解素不相识的人居然会对我这样的存在怀有兴趣。

回想起来，小时候我这人就不引人注意。成绩不是好得拔尖，体育也稀松平常，又不是当头头脑脑的料。社会适应能力都有问题，一到众人面前就慌得语无伦次，喜欢一个人在角落里看书。总之是再平凡不过的普通孩子。自己不想引人注意，也不是能让老师看重的那类孩子。从小学到初中、从高中到大学始终如此。大家都认为我是个极普通的少年、极普通的青年，我自己同样那么认为，也只能那么认为，因为没有任何根据可以认为自己不普通。

与此相反，有人习惯自己有名。他们从小时就已经习惯了。脑袋聪明，家庭出身好，长得好，体育好，钢琴弹得好，作文好，人缘好。全校任何人都晓得他（她）的名字，不至于被人说"那家伙叫什么名来着……"他们的身后飘浮着天生灵光似的隐约可见的光环，一眼即可看出他们是作为有名的存在而存在着的。左邻右舍夸奖他们，同学羡慕他们，老师高看他们。世上是有这样的孩子的，我就知道好几个这样的——曾经这样的——孩子，知道一打之多。他们之中有一半左右至今仍有光环。有人用得很好，有人用不大好，程度差别固然有，但他们仍有光环在身。而另外一半左右光环已经失去，在人生某个阶段失去的。至于是何缘故致使其消失或剩留的，我不大清楚，反正消失就是消失了。

非我自吹，也不是我自卑，我反正是没那劳什子的。恕我重复，我确实是个平凡的无名的孩子。没有什么拿过第一，也没受过表扬。

不过我二十九岁写起了小说，那以来不管怎样当小说家差不多当了十年。书卖得足以保证衣食无忧，从结果上说成了某种有名之人。

身为名人是怎么回事，不当上名人是不明白的。名人有诸多种类诸多侧面，但简单说来，成为名人即意味把环绕自己的好意和恶意的总量朝两个方向飞速扩展。任何人（大概）身边都有几个喜欢自己的朋友，与此同时不太喜欢自己的人也有几个，但哪个喜欢自己哪个不喜欢自己大体可以把握，属于范围能够把握的世界，比如"同松下和本田处得不错，但同铃木处不来，和那家伙不对脾性"。这是普通人的生活。可是一旦成了名人，就要从全然不能把握的世界中接受不能把握的那一类好意和恶意。有时候被无端骂个够，有时候被无端捧上天——被一次也没见过、一次也没打过交道的连名字都不知道的人。喜欢这种人生的人是适合当名人的，而不喜欢的人……只有无奈而已。

我以自己的办法加以对待。原则上我将村上春树这个作家和村上春树这个人完全区分开来考虑。就是说，对我来说，作家·村上春树是一个假说。假说在我身上，却不是我自身——我是这样认为的。这样认为可以使自己不很受伤害，脑袋也不会出故障。我·村上春树生活在能够把握的小圈子里，作家·村上春树生活在不能把握的大圈子中。坐在桌前时二者合为一体，离开桌子二者即分属两个世界。各有各的微不足道的自我。

但即使这么全面地如实地冷静地考虑，那有名性（fame）还是

不时把我带去极其不可思议的不胜悲哀的场所。那是个宛如封闭性游乐场的场所，空空荡荡，不见人影，旧招贴画在风中"啪啦啪啦"翻卷，油漆已经剥落，铁栏杆生了锈斑。这里是哪里？我为什么会在这样的地方？然而我的确在这里，在不知入口不见出口的封闭性游乐场中。

一天夜里十点我走进附近的酒吧。酒吧里人很多。和老婆一起去的。我们在一张餐桌前坐下，要了杜松子汽水，谈起家中琐事。房子的按揭怎么安排啦，傍晚去别人家时带什么礼物啦，想去温泉旅行啦……就是此类极普通的事情，任何夫妻都要聊的家常话。找工作告一段落舒了口长气，很想慢慢喝一点酒。宝贝文稿装进手提公文包刚刚寄给编辑，所以我提的是空公文包。公文包虽然同我的外观不大谐调（那时我穿的是夏威夷衫），但装文稿再合适不过，不会起皱，大小也正好装四百字稿纸。酒吧因是常来的酒吧，我们喝起来比较轻松。工作结束后慢悠悠喝酒委实妙不可言。喝了两三杯，付款出门，回到家美美地睡了。无论看哪一件都是普普通通的日常小事。我想你也要做同样的事：见太太或女朋友，喝酒，轻轻松松回家。没有任何变异，没有任何不妙，是吧？

　　不料几天后我听到了一桩关于我的风言风语。是一个朋友告诉我的。她的朋友那天夜晚在酒吧看见了我们，对我发表感想说："村上春树那个人装模作样的真讨厌，来酒吧喝酒还提着公文包，以为自己成了名人，尾巴翘到天上去了，我算看个一清二楚。"

　　我有时候——尽管是极其偶然——也置身于那个封闭性游乐场。景致非常不可思议。何以来这等地方呢？我完全摸不着头脑。但反正来了，情愿也罢不情愿也罢。我环视四周。空无人影，唯有风瑟瑟吹过，形状奇特的长影拖在地上。

　　于是我蓦然想道：那些背负光环的孩子们肯定也过得很累。

理发铺里话肩酸

我倒不知道，不过听人说"理发铺"一词已被列为广播电视禁用语。广播电视里必须说"理发店"。不过"理发铺师傅"是介于×与○之间的△，就是说类似这个的说法还是可以用的。顺便说一句，"蔬菜铺"为×，而"蔬菜铺师傅"则为△。得得，世界真个复杂得不着边际。"理发铺"这个词到底哪里有歧视意味呢？比如说"没有才华的作家"这句批评难道不是歧视性说法吗？岂不应该委婉地说成"才华上有不如意之处的作家"或"才华上有障碍的作家"？为什么"理发铺"不行而"没有才华"就能通行呢？不过如此说来几乎没完，还是回到正题"理发铺师傅"（△式说法）上面来。

说实话，我向来不习惯在理发铺让人按摩。《最新流行款式》

（*High Fashion*）的读者中想必有不少人去过理发铺。大致说来，理发铺的按摩过程安排在洗头之后，利用等头发干的时间 change of pace[1] 式地插入与理发无关的作业，以肩、颈、臂为中心用力按摩。时间虽不过一两分钟，可作为我实在不习惯。为什么不习惯呢？因为肩压根儿不酸。有生以来还从未意识或体验过肩酸为何物（顺便自吹一下，隔日醉、头痛、便秘也不曾有过，失眠也几乎没有。自我厌恶一年倒有一两回）。所以——固然感到抱歉——在理发铺按摩也只是觉得发痒罢了。人们都说肩酸滋味难受，可我尝到的是肩不酸时给人揉搓时造成的痛苦，也相当不是滋味。问题是对方专业性地做得那么卖力气，无论如何都不能说出"怪痒的，算了，别按摩了"的话，那样未免像是对人家的职业吹毛求疵。而这样一来，就只能几十年来每月一边心想此乃某种修炼，一边咬紧牙关一动不动地忍耐。即使以去理发铺这种似乎不值一提的小事为例，都不难明白人生并非玫瑰园。

不过可喜的是，近来觉得按摩已不那么难受了。或许随着年龄

1　改变速度，（棒球）改变投球速度。

的增长，自己也多少出现——尽管不甚明显——肩酸症状了。按摩之后，虽说不觉得"啊，痛快痛快"，但痒的程度好像比过去减轻不少。这么着，去理发铺比过去好受多了。人这东西，怕是由于如此小事的点滴积累而上年纪的。

尽管这样，理发铺师傅还是时常说"像村上先生这样肩不硬不紧、肌肉这么软的人很少有的"。什么缘故呢？父母都是肩酸体质，老婆也是，单单我全然不酸。

"给很多很多人揉过肩，说起肩最硬的人，无论如何都是将棋[1]手。"理发铺师傅说。我去的理发铺在将棋会馆附近，常有下棋的人来。"肩那么硬的人不常见，硬邦邦的跟石头似的。"对方继续道。我心想肯定是用脑的关系。可怜！不过且慢，想来我也算是小说家，差不多也是用脑的嘛……不不，实际没怎么用吧？写小说比下将棋少用脑不成？倘这个理发铺里还有除我以外的小说家光顾，这方面尚可比较，可惜小说家顾客只我这么一个，无从对比。没准对方会说"我也给很多很多人揉过肩，但没有比小说家肩更软的"。

1　一种日本传统棋类，类似中国的象棋。

坦率地说，我不太中意为别人揉肩。前面也说了，无论父母还是老婆都是肩酸体质，从很早以前就时常为其揉肩，实在烦得不行。因我本身没体验过肩酸，自然不明白肩酸是怎么回事和如何揉搓为好。不明白还要做当然无意思可言。给父母揉十来分钟父母给零花钱，小时候因为想钱也就忍了。但老婆当然什么也不给，不仅不给，连声谢谢也不说。"哦哦，那里好痛，揉得不对嘛！""专心些好不好啊？"——每次都挨此训斥。我一发牢骚，她又反驳说："你没尝到肩酸滋味已经够便宜的了，为别人服务服务岂不理所当然？"我虽然心想哪有这个道理，但还是言听计从地一个劲儿揉搓不止。

我认识的一个男子特喜欢为人揉肩，每有人说肩酸（对方多是女性，不知何故），便说"那么让我看看"，遂触摸身体找到酸硬部位，一下接一下揉搓起来。和我不同，手法简洁利落深得要领，一看就知卓有成效。由于实在乐于此道，后来他终于当了专业按摩师，其心情我不是不能理解。即使是我，如果用力往别人肩上一按别人即感谢说"简直舒服得无法相信，太谢谢了"，想必也会心满意足。无论哪个行当，如此为别人真心接受都是非常令人欣慰的，我也正是因为有人看我写的书会高兴地说"啊，有意思"才继续当小说家的。

受到鼓励才更想写有趣的东西。虽说写东西不是为了让人夸奖，但若谁都不夸奖，无论如何我都不至于死皮赖脸写个没完。没有哪个人受到欢迎还不高兴，继续坚持下去，就此成为行家里手都有可能。对此不妨以"才能的倾向"称之。一种倾向产生后，会自动长驱直进，有的人最后成为专家。至于这一倾向是如何产生的我不大清楚，大概是本源性地输入人身上的吧。有人稍为捅几下别人身体，就晓得哪里如何酸痛、应如何按摩，有人却一窍不通（即未被输入那样的才能），只管毛手毛脚胡乱揉搓一通，以致招来老婆训斥。世界便是如此近乎偏激地不公平。

我为什么没成为(或没能成为)专业按摩师而成了专业作家呢？我时不时认认真真地为之费解。同时我认为，那恐怕不是本质性的差异造成的，而是"合适不合适"这一丁点儿的差异造成的。于是，有人成了指压师，有人成了将棋手，有人成了作家。人生是何等单纯又何等奇异啊！

如此半想不想之间，发理完了。在理发铺，我考虑了很多事情。

歌剧之夜（1）

OPERA[1] 一词奇异地含有令人神往的韵味。我决不是歌剧迷或其狂热追捧者，但 OPERA 一词还是奇妙地拨颤着我的心弦。一想到今晚要去看 OPERA，胸口就怦怦直跳，开演前观众席上那吵吵嚷嚷的独特喧哗以及指挥步入乐池而序曲即将开始时的气氛让我再喜欢不过。即使不特意去歌剧院而在家里把猫抱在膝头，一边喝廉价葡萄酒看院里的樟木，一边悠闲地听歌剧唱片，也是相当不坏的。加之近来在电视上也能看到歌剧了，实在令人庆幸。歪在自家沙发

1　意为"歌剧"。

上手拿遥控器居然就能翻来覆去看马泽尔[1]的《唐·璜》和阿巴多[2]的《塞维利亚的理发师》，无论如何都该称为无上幸福。

　　细想之下，歌剧的确是个怪东西。那般十八、十九世纪式的冗长的传统的非现实非日常性的劳什子，为什么到了这个种种风格都以短周期兴衰沉浮的忙忙碌碌的时代，仍能强烈地唤起人们的共鸣呢？当然，十八、十九世纪式的东西现在仍继续存在的此外也有，莎士比亚戏剧和歌舞伎依旧在上演。不过，即便以歌舞伎为例，若以为到日本的地方小城镇必有歌舞伎院（像歌剧在欧洲那样），且普通人都日常性地跑去那里欣赏歌舞伎，那就错了。不妨说，歌舞伎如今已成了一种曲高和寡的传统技艺。莎士比亚戏剧也大同小异。然而歌剧截然有别。歌剧至今仍是 real time[3] 的热门娱乐活动。歌剧院票价便宜的座席给年轻人挤得水泄不通，受欢迎的剧目转眼之间票就卖光。不可思议。歌剧这一音乐形态中到底有什么这样吸引现代人呢？

_____

1　美国指挥家（1930—　）。

2　意大利指挥家（1933—　）。

3　（电子计算机）实时，实时处理，即时快速处理。

　　我不是音乐评论家，也不是风俗现象评论家，不负有——回答那种疑问的责任（庆幸），无须顾忌谁，也不会受谁责备，只是悠然自得地欣赏歌剧罢了——"管什么原由不原由，就那么回事，嗨嗬[1]！"不过我还是想，我们为歌剧吸引的最大原由其实大概是"挥霍"——时间的挥霍，劳力的挥霍，更严重的是可能造成巨大时代错误的"埋没于非日常性"这一感性的挥霍。我们肯定在心底希求这些东西。

　　我最初接触这一形态的音乐，记得是初中时在电视上看了马利奥·德尔·莫纳柯的传奇性绝唱《丑角》。现在想来那也是了不起的《丑角》。一次充满魄力——不妨以义无反顾称之——的公演，仿佛在说这才是意大利歌剧。若说一个正迷恋于"沙滩男孩"的十二三岁少年为什么想起在电视上看意大利歌剧团的公演，那就记不清楚了，毕竟是很久以前的事了（哦，为什么年纪的增大会使许多事情的起因都消隐在"不清楚"这一模糊状态之中呢？）。大概是"咔嚓咔嚓"拧频道钮时偶然碰上的，或者是好奇心这个伟大的媒介促成的，

反正那是第一次。马利奥·德尔·莫纳柯的丑角。

　　最初去剧院看的真正的歌剧是《俄耳甫斯》。大约是上高中的时候，记得是米兰室内歌剧团的公演，地点在大阪 FESTIVAL HALL（节日大厅）。只是，《俄耳甫斯》是谁作的曲现在怎么也想不起来了，记忆彻底短路。后来一直在想到底是谁，硬是想不起来。不过，演出反正很精彩。具体的忘了，只记得反正好得不得了。至于如何好法我也答不出，总之好就是了（嗨嗬）。记得看完后激动不已，带着亢奋的心情乘电车返回神户。

　　此后我一直以若即若离的感觉断断续续地听歌剧，但终究未能成为铁杆歌剧迷。为什么呢？原因很简单，因为——前面也已说过——歌剧的存在理由在于它的挥霍性，而我没有足够的精力陪伴那种挥霍性。因此，高中毕业后十几年来我过的是实质上同歌剧无缘的生活。不得不这样过。学生时代自不用说，大学毕业开始工作后也很难有精力去看歌剧或买三张一套的歌剧唱片。我是在校期间结的婚，大学一毕业就被生计所困，非我瞎说，那实在是忙得一塌糊涂穷得一塌糊涂，珍藏的几张歌剧唱片也因为缺钱而卖给了旧唱片店。为还债而焦头烂额的时候，当然不可能有心绪听什么歌剧。

幸好这种犹如窥视无底深渊的毁灭性经济状况不出数年即告终止，生活终于趋向稳定。尽管这样，三十过后我们还在工作和生活杂事的穷追猛打下疲于奔命，要干的事层出不穷，身边总有迫在眉睫的问题。见缝插针听一次音乐会还是可以的，而看歌剧实在高不可攀，那对我们还是奢侈品，就像盖茨比守望的海峡对面的绿色灯火那样相距十分遥远。

好歹同歌剧重逢，已是我放弃原来的工作成为专业作家并因此有了空余时间、可以时不时跑去海外以后的事了。先去德国看了《漂泊的荷兰人》和《魔笛》，于是，我马上被歌剧的魅力吸引住了。其后旅居意大利，一有时间就去看歌剧。在很多城镇看了很多歌剧。威尔第、罗西尼、普契尼、莫扎特……幕间休息时喝着廉价香槟，打量着在大厅里喧哗的盛装男女，我又得以找回那歌剧之夜式的心灵摇颤。嗨嗬！

歌剧之夜（2）

我因有点事情离开罗马，独自在伦敦住了一个月。离开罗马，几乎所有的城市都给人以理性之感，而伦敦这一倾向尤为强烈。人们规规矩矩排队，稍一碰肩马上客客气气道歉。文明！在摄政王公园附近的圣乔治林租了一个短期出租的套间，住进去把小说毛毛糙糙地收了尾，往下一到晚上就去看电影、听音乐会，歌剧当然也包括在内。

来英国最让人高兴的是歌剧开演时间早。一般七点半开始，最晚十点半结束，在附近酒馆喝一杯苦味啤酒回家睡觉时间正合适，地铁和公共汽车都还开着。

意大利就不成了。意大利的歌剧九点开始十二点结束。我是早睡之人，过了十一点怎么也睡不着。离开剧院时交通工具已完全停止，出租车也找不到。就算找到了，我也没气力深更半夜同意大利司机讨价还价。

在伦敦提起歌剧，当然是著名的COVENT GARDEN（考文科花园）的皇家歌剧院，舍此无法谈论英国歌剧舞台。不过ENO（英国国立歌剧院）也不能忘记。今年春天伦敦歌剧界的话题始终是泽菲雷里编导的《托斯卡》（皇家）和布里顿的《比利·巴德》（ENO）。遗憾的是我没能看到《托斯卡》，而看了弗雷妮唱达吉雅娜的柴可夫斯基《叶甫盖尼·奥涅金》（皇家）。便宜票卖完了，只好花四十八英镑(一万一千日元)买价格相当高的票。不过看上去舞台感觉的确好。特别是配角技艺娴熟，不愧是皇家歌剧，令人叹服。

《比利·巴德》的精彩很难诉诸语言。此歌剧的舞台设定一直在海上，全是男人出场，情节沉闷，又没有浪漫抒情的独唱，演起来实非易事。扮演主角的托马斯·艾伦和扮演船长贝雷的菲利普·兰格里奇的歌唱委实华丽而有内涵，深切感人。一家报纸评论说无论付出多大代价也该把《比利·巴德》票搞到手，我也认为的确如此。我买的是站票（中途碰巧发现近处有空座，得以坐下，但按规定是

不准许的），三个半英镑，约八百日元，够便宜的。离舞台相当远，
不过音响方面毫无问题。看罢这场精彩的歌剧顺路去索霍区[1]一带
的酒馆"咕嘟咕嘟"喝一品脱苦味啤酒的感觉简直妙得无与伦比。
看罢精彩歌剧的亢奋同听完精彩音乐会的亢奋似乎多少有所不同。
是的，歌剧这东西是很特别。歌剧就是歌剧，不是其他任何东西。

　　由于这个缘故，世上得以存在狂热的歌剧迷。较之车迷和集邮
迷人数当然不多，但其存在是不容怀疑的。

　　看英国一家杂志，上面有一篇关于歌剧迷的报道："去看歌剧
的人都是歌剧迷吗？"令人兴味盎然。读来可以清楚地知道常看歌
剧的人并非全是有钱人。

　　例如一位叫朱利叶·斯坦的八十二岁老伯在一家工厂当清洁工，
一下班他就回到位于肯萨尔·格林的廉价公寓换衣服去 COVENT
GARDEN。他不为去歌剧院而特意换穿正装，解释说"穿好衣服也
不意味着音乐听起来好"。言之有理。来到歌剧院后在小卖部买了
咖啡喝完，往楼座上一坐，正好是歌剧开场时间。每天晚上他都这

————————

1　Soho，伦敦的地区名，多夜总会和外国饭店。

样坚持不懈。他总是买两英镑（四百五十日元）的票。这种"楼座族"为数相当不少，有个老婆婆仅《费加罗的婚姻》就看了五百二十遍之多。写那篇报道的人不由喟叹：热情这东西真是没道理好讲！

楼座和正面池座截然不同。比如 COVENT GARDEN，二者的入口完全在两个位置，休息厅也不一样。便宜的楼座票是由花道（floral street）的入口进入的。从两英镑的长椅席只能看见半边舞台。不过若觉得只要大致看明白动作和听清音乐即可，倒也没什么不方便。

高价的正面池座客人基本分两类。第一类属于上流社会人士。从皮特[1]到霍克尼[2]，各种各样的高级人物都定期来 COVENT GARDEN。有钱而又有名的人、光有钱而不怎么有名的人、光有名而不怎么有钱的人——这些人以笔挺而考究的衣着在休息厅里慢慢踱步，买香槟酒喝着，碰上熟人便打招呼交谈。直截了当地说，此乃社交场所（噢，我曾一身牛仔服在同一间休息厅喝便宜香槟来着。牛仔服是楚萨迪牌子，在意大利相当贵，不幸的是并不适合

---

1 英国剧作家 (1930—)。代表作有 *The Room*（1957）。
2 英国现代艺术家 (1937—)。尤以版画、素描著名。

COVENT GARDEN 的夜晚）。

"第二类是手拿公司招待票受命接待重要日本客人的不幸的商务人员。"文章写道，"所以说不幸，是因为他们被大家瞧不起。他们不懂礼仪，七嘴八舌谈论剧情，甚至分不大清歌剧与芭蕾的区别。"如此光景想象起来颇让人不是滋味。

不过，住在每晚四百日元多一点儿即可听歌剧的地方的确难得。欣赏歌剧的诀窍，总而言之言而总之就是多看多听多多益善。较之理论之类，歌剧这东西无论如何都要靠看的场数。歌剧世界就是将其空气大口大口吸入肺腑。看的场数越多，越会无可救药地栽入歌剧迷这个泥沼中。呜呼！

"宇宙飞船"号的光与影

以前、差不多十多年前，我个人曾拥有一台弹子球机。

写完《1973 年的弹子球》那部小说后，出于一点小小的原由，我把那台机子弄到了手。详细原由和经过说来话长就免了，反正搞到手了。没花钱。为感谢居中介绍的人，送了一瓶 WILD TURKEY 就算完事。

弹子球机的名称叫"宇宙飞船"，是相当老的型号。因是过去的东西，没用电子计算机和晶体管，数字不是电子显示式而是"咔嚓咔嚓"转动滚筒的原始家伙。击球蹼只有两枚，分数顶多计五位，总之是再普通不过的传统机型。估计是五十年代后半期至六十年代前半期的产品。说高级就高级，说破烂就破烂……这当中的界线极难划定——此类东西大多如此。喜欢就高级，不喜欢即为破烂，完全取决于心情。

不过我一眼就喜欢上了这台机子。原因首先在于其设计毫不夸张，近乎冷漠地没有多余机关。纵向排列在 S·P·A·C·E·S·H·I·P 这九个字母上的灯若全部闪亮即为得分，而若球"砰"一声碰在（准确形容应该是击在）接球板上即显示 another ball，可以重打一次。规则仅此而已。非常非常非常简单。别的一概不用考虑。

第二个原因，是结构极其简朴耐用。往前一站，机子的所有含义一目了然。这台值得珍爱的机子是用我们日常生活中所能把握的实实在在的材料——玻璃、木头、弹簧、铁、橡胶、小灯泡——制造的，就连我这样不太懂机械构造的人都能大体理解它是怎样一种结构。以音响器材打比方，好比过去的真空管式旧音箱。单纯、大，小动作做不来，性能效率注定低下。但不管怎样，其原理我基本理解。我个人喜欢此类器械，能怀有好意。再夸张点儿说，可以移植感情。但那上面总好像荡漾着一种类似已然灭绝的恐龙的悲哀。

当时我一边写小说一边开店（酒吧那样的店），最初是把这台机子放在店里。不过不让客人碰，不许碰它。只是关店后自己边喝酒边玩。半夜一点的 night cap[1] 式弹子球。熄灯把店堂弄暗，窗外可以看见新宿的高楼大厦。四下悄无声息。放一张萨拉·沃恩[2] 的旧唱片，杯里倒上啤酒，把烟灰缸拿到跟前点燃一支烟（呃，当时我吸烟，一天十五支），然后尽情按着自由击球钮，一个人玩到心满意足为止——喳、咕咕咕咕、砰、咣咣咣咣、噼噼……隐约的光照中，蓝色指示灯一个个依序闪亮：S·P·A·C·E……我心里暗暗称快，使出浑身力气用击球蹼把球狠狠弹回。于是球在拐弯球道中活蹦乱跳，"咕噜咕噜"带着现实主义声响朝击球蹼缓缓下滑。蹼接住后用尽种种爱之秘技选定方向，再次弹回。这是一项配合默契的作业，其中似乎有心与心微弱而又实在的交流——为两个职业而心力交瘁的我和落后于时代的"宇宙飞船"。

电子游戏我也多少玩一点儿，但无论怎么全神贯注都不曾有过如此默契的心情——哪怕仅仅一次——无非高度集中的神经的消耗而已。我们通过电脑黑匣子这个不可触及的秘密通道同荧屏相对，

1　寝前酒，睡觉前喝的酒。
2　美国爵士乐女歌手（1924—1990）。现代爵士乐独唱的创始人。

背景中持续流淌着神经质的、奇妙而冷漠的音乐。那里面没有令人称快的单纯而确凿的肉体感受。

想必我落后于时代了。

可是我至今仍十分怀念关上店门后一个人"乒乒乓乓"连续敲打击球蹼的日子。遗憾的是，如今即使去娱乐中心也没有那样的弹子球机了。偶尔挑战一下新机，但对我来说结构过于复杂，动作过于快捷，根本没有时间在球朝着击球蹼下滑的时间里喝一口酒或吸一支烟。我时常心想，不就是游戏吗？何必东奔西蹿忙成那个样子？何必——弄出那么浅薄无聊的效果声响？

不再开店而当专业作家之初，我把那台"宇宙飞船"拿回自己家中。那时我住的房子有个小地下室，机子放在那里，写东西累了就下去玩一回。然而不可思议的是，关店以后，night cap 式弹子球那样的默契感再也没有返回。为什么我不知道。但有什么不对头。对了，空气不对头。为什么这样呢？是游戏的种类有了微妙变化，想必。

想必。

结果，再次搬家时把它处理了。三角钢琴和弹子球机不是适于搬家的财产。重，占地方，到最后这里那里故障也多起来了。我仔细看了去美国时买的一本弹子球机维修手册，拼命鼓捣来鼓捣去，但它终究到寿限了。熟人中偶然有一个精通此类机械的说要收留，于是脱手了。

弹子球机被搬走时的光景总觉得有些凄凉。搬到太阳光下一看，显得灰头土脸，一看就知是前朝遗老，宛如毛色糟糕的老马。三个人一声吆喝把它抬上小型卡车的货厢。我觉得奇怪，怎么会这么重呢？就好像我本人或者我不知晓的什么人的往日身影一样沉甸甸的。这么着，弹子球机从我家最后消失了。

个人拥有弹子球机，我以为是背上了某种重负，以我的个人经验说。拥有弹子球机和拥有录像盘完全是两回事。前者将拥有者的生活方式及其每日情思那样的东西也奇异地吸纳进去，变得越来越重。那是傻大傻大傻重傻重的恐龙式机械的习性，但某种人在某个时期（大概）注定要被那种东西吸引，以我的个人经验看。

贫穷去了哪里？

不是我瞎说，过去我相当穷来着。刚结婚的时候，我们在家徒四壁的房间里大气也不敢出地活着。连火炉也没有，寒冷的夜晚抱着猫取暖。猫也冷，紧紧贴在人身上不动——颇有些同舟共济的意味。走在街上即使喉咙干渴也没进过什么酒吧茶馆。不旅行，不买衣服，只知干活。可是一次也不曾为此觉得不幸。当然盼望有钱，但又想没有的东西盼也没用。实在穷得无法可想了，就和老婆深更半夜上街闷头走路。一次捡过三张万元钞票，尽管心里有愧，但还是没交给警察，用来还债了。当时想道：人生也不是扔货。我们年轻，都很不懂世故，且相亲相爱，贫穷什么的丝毫不足畏惧。虽然大学毕业了，但懒得去外面工作，活得相当随心所欲。客观看来，似乎滑到了人世边缘，但足以让人不安的东西倒也没有。

不过嘛，反正是穷。

说起那时的事来可是没完。如此这般，这般如此，无尽无休。即所谓炫耀贫穷。过去人们聚在一起都喜欢这么摆穷。一个人讲起自己曾经（或现在）多么多么穷（或穷过），另一个人便接道"别开玩笑，那还不算穷的"，下一个人又说"我嘛，有一个星期靠吃猫食活命来着"。或许是我个人所处环境的关系，我身边有许许多多穷人。他们真的穷，不是开玩笑。小林君没有饭吃，光吃香菇梗，吃了满满一大海碗，食物中毒了。正常人不会吃那玩意儿。堀内君也一贫如洗，总是饿得走路东摇西晃跟跟跄跄。稍往前一点儿（也就四五年前吧）我周围几乎无人有车，有也是开起来鬼哭狼嚎的3型之前的皇冠、脏兮兮的LIGHT ACE等货色。我们以为事情理所当然是这个样子。

不料不知何时，大家莫名其妙地不再贫穷了。我身边有几个人有了奔驰，还有人买了宝马，有人买了沃尔沃。这倒不是说我周围增加了有钱人，而是因为以前我认识的人都不再贫穷了。

这大概也跟年龄有关吧——都上了年纪，稀里糊涂不知不觉之

162

穷得蛮
可以么

间。不过与此同时，世风这玩意儿恐怕也是一大要素。总而言之，世界也不怎么欣赏贫穷这劳什子了。贫穷只被视为无钱可花的凄惶景况。所以，炫耀贫穷早已不具任何意义。

偶尔同年轻女孩交谈起来——不是我辩解，的确是偶尔——她们明确表示不愿意贫穷。"希望结婚，但不希望降低生活水平。"她们说。那不是"希望"，而是"表明信念"，斩钉截铁地。"讨厌贫穷？"我问。"绝对讨厌！"对方说，随即问道："村上先生过去贫穷来着？"我说："是的。"于是她们大多现出颇为困惑的神情。她们具体想象不出贫穷是怎样一种状况。想象不出当然困惑。年轻女孩困惑，我也跟着困惑，于是赶紧及时转换话题，而不冒冒失失炫耀贫穷。炫耀那个只能让人心情黯淡，毫无疑问。

贫穷到底去了哪里？我时不时心想。

这种话让别人听了，想必把我看成讨人嫌的半老头，徒然惹人不快。但过去的（二十年前的）女孩断不至于说出"绝对讨厌贫穷"的话来，至少我身边的女孩不至于。较之钞票，她们首先考虑的是能够接受的人生选择。实际上大部分女孩也是那样选择的。当然相反的女孩也为数不少，有的甚至只同开进口车的男子约会，但那终究是少数，至少和我没什么关系。我身边的普通女孩即使没车没钱也毫不介意。我若没钱，约会的时候自有对方掏钱，而那也算不上丢人。我们追求的是别的东西。当然没有哪个人甘心受穷，但我们豁达地认为那大约是某种检阅仪式。实际也是如此。实际上——这么说倒极不好意思——贫穷是非常快活的事。在夏天晒得半死的下午，脑袋一阵眩晕闯进饮食店，本想在冷气中喝一杯冰镇咖啡，却转念同老婆互相鼓励"忍一下吧"，于是死活忍到家中"咕嘟咕嘟"大喝麦茶……那快活滋味真是没得说的。那是和钱无关的事，是所谓想象力问题。只要有想象力，一般难关都能渡过，有钱也罢，没钱也罢。

贫穷到底去哪里了呢？贫穷消失了不成？

贫穷当然没有消失。贫穷是不可能消失的状况。

星期天在住处附近散步，常可看见一位 U 领衫、百慕大短裤、橡胶拖鞋的老伯在公寓停车场上不胜怜惜地冲洗白色梅赛德斯－奔驰的光景。每次见了我都会想"嗬，老伯穷得蛮可以么"。可老婆说："那是你的个人偏见吧？"

后记

　　这里收的随笔是我从一九八三年开始的五年里写的东西，其中大部分在名叫 *High Fashion* 的杂志上连载过。连载了三十五回，但后来回头读的时候有十二回不太满意，就没收入单行本，而把为其他杂志写的或写完随手扔开的随笔从抽屉里抽出一摞，挑出可以用的修修改改，如此补充了八篇。

　　说起对于我的一九八三年至一九八八年，年龄上是从三十四岁到三十九岁，以小说而言相当于《寻羊冒险记》到《挪威的森林》那个时期。那期间我搬了四次家，后几年住在欧洲。到处迁来搬去，倒也够忙的……话虽这么说，却又搬了一次，这次住到了美国。

　　因是过去写的东西，细读之下，有很多部分和现在的情况不符，但要修改似乎修改不过来，只好几乎原封不动收录进去。132 页上的 "短信息" 在 *High Fashion* 编辑部评价很糟，但因确有其事，所以没删。

村上春树

1992 年 3 月 25 日